www.tredition.de

Iris Lieser

Was möchten Sie denn wissen?

Rabenschwarze Storys

www.tredition.de

© 2019 Iris Lieser

Verlag und Druck: tredition GmbH
Halenreie 40-44
22359 Hamburg

ISBN
Paperback: 978-3-7482-9819-9
Hardcover: 978-3-7482-9820-5
e-Book: 978-3-7482-9821-2

Für alle, die das Leben

auch mal mit einem Augenzwinkern betrachten.

Inhalt

Prolog

Ach, wie schön, Sie zu sehen! Herzlich willkommen in meinem bescheidenen Heim! Ich freue mich sehr über Ihren Besuch, obwohl ich schrecklich nervös bin. Die Presse bei mir zu Hause – na sowas! Dass ich das noch erleben darf!

Aber treten Sie doch näher, haben Sie nur keine Scheu! Wenn Sie mir dann bitte ins Wohnzimmer folgen würden?

Wo möchten Sie sitzen? Vielleicht dort drüben, in dem geblümten Ohrensessel? Er ist zwar schon recht alt, aber ganz besonders bequem. Mein zweiter Ehemann hat ihn damals gekauft, sich allerdings nicht mehr allzu lange daran erfreuen dürfen … nun ja. Zumindest mein dritter Gatte hat oft und gern in ihm gesessen und gelesen oder sich ausgeruht, bevor auch er … aber was rede ich denn jetzt schon darüber? Ich werde später ausführlich von meinen Angetrauten berichten!

Was darf ich Ihnen anbieten? Kaffee, Tee, oder vielleicht ein Gläschen Sekt … ach, zunächst nur ein einfaches Glas Wasser? Kein Problem, ich werde es Ihnen sofort bringen.

Wie hübsch die Blumen sind, die Sie mitgebracht haben! Rote Gerbera, aber das wäre doch nicht nötig gewesen! Und auch noch eine Flasche Likör dazu, jetzt machen Sie mich wirklich verlegen. Selbstgemacht, sagen Sie? Also, dann bestehe ich darauf, dass wir ihn nach unserem Plauderstündchen gemeinsam verkosten. Ja, ich weiß, Sie bezeichnen unser Gespräch als »Interview«, doch da ich keineswegs berühmt bin, fühle ich mich bei diesem Ausdruck ein wenig wie eine Hochstaplerin.

Aber egal, wie Sie es nennen: Haben Sie auf jeden Fall vielen Dank für Ihr Interesse an meinem langen, einfachen Leben. Auch wenn ich zugeben muss, dass ich mich über Ihre Aufmerksamkeit ein wenig wundere. Schließlich ist meine Vergangenheit eher unspektakulär, allzu viel Aufregendes werde ich Ihnen zu meinem Bedauern demnach nicht berichten können. Ich war und bin eine ganz normale Frau, die in ihrer Gutmütigkeit keiner Fliege etwas zuleide tun könnte. Sagt jedenfalls meine Freundin Agathe, und die muss es wissen, denn sie kennt mich schließlich seit unserer Kindheit.

Gut, ich habe vier Ehemänner beerdigt, was möglicherweise nicht jeder Frau widerfährt. Anfangs hatte ich noch wenig Erfahrung, doch mit jeder Bestattung habe ich etwas dazugelernt, sodass mir zumindest meine beiden letzten Verblichenen bis heute dabei helfen, meine kleine Rente ein wenig aufzubessern. Sie sind erstaunt? Nun, es ist recht einfach:

Schauen Sie, ich könnte Ihnen ein Brot mit selbstgemachter Marmelade anbieten. Die Kirschen habe ich von dem Baum gepflückt, unter dem mein dritter Gatte liegt. Die Wahl seiner letzten Ruhestätte war zweifellos eine hervorragende Entscheidung, denn der Baum trägt reichlich Früchte, und auf diese Weise kann ich meinen Vorrat an Konfitüre alljährlich so weit aufstocken, dass er bis zum nächsten Sommer ausreicht. Meistens fallen sogar noch ein paar Gläser für meine Freundinnen ab, die sich dann mit selbstgezogenem Gemüse revanchieren.

Oder darf es ein Stück Apfelkuchen sein? Auch dieses Obst stammt aus eigener Ernte.

Ich hatte die beiden Bäume, die etwas versteckt an einem Seitenweg wachsen, nur wenige Tage vor dem tragischen Ableben meines vierten Ehemannes bei einem Spaziergang über den Friedhof entdeckt, und so war ich trotz meiner Betroffenheit sehr erfreut, meinen bisher letzten Angetrauten zukünftig dort besuchen zu können. Seitdem schwelge ich saisonbedingt in

Apfelmus und Apfelpfannkuchen, und nebenbei spare ich beim Einkauf so manchen Euro ein. Außerdem habe ich meine Backkünste erweitert. Sehr zum Leidwesen meiner Freundin Christel, deren schwedische Apfeltorte nie so perfekt wird wie meine.

Ach ja, … Agathe und Christel. Die einzigen, die mir geblieben sind! Halten seit der Schulzeit treu zu mir und haben mich stets getröstet, wenn ich mal wieder Pech mit den Männern hatte. Ich werde Ihnen von den beiden Damen berichten. Es sind wunderbare Frauen, die sich zu keiner Zeit etwas zuschulden kommen ließen. Die Sache mit Christels Versicherungsvertreter war schließlich nur ein bedauerlicher Unfall! Es wäre ja auch nicht fair, wenn immer nur mir diese schicksalhaften Ereignisse zustoßen würden, finden Sie nicht?

Aber das alles können Sie ja noch gar nicht wissen. Sie sind schließlich hergekommen, weil Sie Näheres über mich und mein Leben erfahren möchten. Sitzen Sie auch wirklich bequem? Dann beginnen Sie doch direkt mit Ihren Fragen! Ich werde sie wahrheitsgemäß beantworten, denn ich habe nichts zu verbergen. Was möchten Sie denn wissen?

Ein Mann für alle Felle

Sie möchten wissen, woher mein beachtliches Vermögen stammt? Nun, ich werde es Ihnen gern erzählen ...

Es war in den Sechzigern. Ich war jung, frisch verheiratet und sehr verliebt. Mein Ehemann war einige Jahre älter. Als erfolgreicher und hochgeschätzter Banker ging er Tag für Tag seiner angesehenen Arbeit nach, während ich mich darum bemühte, ihm ein gemütliches Heim zu verschaffen, in dem er seine Sorgen vergessen konnte.

»Liebling?«, fragte ich ihn eines Abends und bemühte mich um einen gekonnten Augenaufschlag, weil ich wusste, dass mein fürsorglicher Gatte mir dann kaum eine Bitte abschlagen konnte.

»Schenkst du mir eine Jacke aus Kaninchenfell?«

»Die ist zu teuer«, wehrte er ab. »Wir haben doch gerade erst das große Haus gekauft, das du dir gewünscht hattest.«

»Du hast recht, Liebling«, gab ich sofort nach und ließ meine Unterlippe leicht erbeben. »Wie du ja immer recht hast. Du bist eben klüger als ich. Der Klügste überhaupt. Ein Mann für alle Fälle.«

Am nächsten Tag brachte er mir die Jacke mit.

Wenige Wochen später – ich trug ein durchsichtiges Negligé - fragte ich erneut:

»Liebling? Ich wünsche mir zu Weihnachten einen Kragen aus Fuchsfell. Einen klitzekleinen. Das ist der neueste Modetrend.«

»So etwas ist momentan zu teuer«, antwortete er wiederum. »Vergiss nicht, dass wir das neue Auto bezahlen müssen.«

Anschließend trug er mich ins Schlafzimmer. In seinen Armen machte ich einen verführerischen Schmollmund und hauchte:

»Du hast recht, Liebling! Welche Frau braucht schon einen Fuchskragen, wenn sie einen so wundervollen und starken Mann an ihrer Seite hat? Einen solchen Mann für alle Fälle!«

Zu meiner Freude lag der Kragen bald darauf unter dem Tannenbaum.

Der Knopf meiner Bluse, den ich, rein aus Versehen natürlich, vergessen hatte zu schließen, verschaffte mir einen Kurzmantel aus Zobel. Den Nerz verdankte ich meinen Tränen, die in Strömen flossen, als er meinen Wunsch danach nicht erfüllen wollte.

»Entschuldige, Liebling«, schluchzte ich, »vergiss diesen unbescheidenen Gedanken! Unsere Liebe zählt mehr als jeder Pelz dieser Welt. Du bist und bleibst auch ohne Nerz der beste, schönste und liebste Mann. Eben ein Mann für alle Fälle!«

Dann tupfte ich mir die Tränen ab und fügte leise hinzu: »Vielleicht kann ich unsere Kasse durch Näharbeiten etwas aufbessern. Wenn ich fleißig spare, werde ich mir irgendwann diesen Traum erfüllen. Du wirst sicher sehr stolz auf mich sein.«

Überflüssig zu sagen, dass er den Nerz erwarb.

Es zahlte sich aus, dass ich nur Unterwäsche trug, als ich ihn um den Chinchilla bat, der die Krönung meiner Sammlung werden sollte. Ich merkte ihm an, wie schwer es ihm fiel, nein zu sagen. Doch als ich mir über den nackten Bauch strich und verträumt säuselte:

»Bald werden wir zu dritt sein. Du, mein großer, kluger und starker Mann für alle Fälle, das Baby und ich«, merkte ich, dass er zu überlegen begann. Bereits in der darauffolgenden Woche besaß ich einen langen

Mantel nebst passender Mütze aus feinstem Chinchillafell.

Zu meinem Bedauern – mir war aufgefallen, dass noch ein Silberfuchs an meiner Garderobe im Flur fehlte - wurde er bald darauf wegen Unterschlagung und Steuerhinterziehung verhaftet. Da er sich nach nur einem Monat aus Scham erhängte, sollte er nicht mehr erfahren, dass das Baby lediglich meinem Wunschdenken entsprungen war – also dem Wunsch nach einem Chinchillapelz.

Lange, bevor die Tierschützer den Pelzhandel öffentlich anprangerten, verkaufte ich meine Felle mit großem Profit und legte das Geld gewinnbringend an. Schließlich hatte ich gut aufgepasst, wenn mein Mann am Telefon seine Kunden beriet, während er mich in der Küche wähnte. Den vielen Insiderinformation und einem glücklichen Händchen war es geschuldet, dass sich mein Vermögen in kürzester Zeit vervielfachte.

Sie werden verstehen, dass ich allen Grund habe, mit Dankbarkeit an ihn zurückzudenken. Ich werde ihn nie vergessen, diesen wunderbaren Mann für alle Felle ...

Der Polizei ein Freund und Helfer

Sie möchten wissen, durch welchen Zufall ich an diesen wertvollen Brillantring gekommen bin? Nun, ich werde es Ihnen gern erzählen ...

Anfang Dezember des vergangenen Jahres stand ich verzückt vor dem edel dekorierten Schaufenster eines Juweliers, der aufgrund seiner außergewöhnlichen Kreationen über die Grenzen unserer Stadt hinaus bekannt war. Da lag er, der Ring meiner Träume! Nun bekomme ich lediglich eine kleine Rente, und mein geerbtes Vermögen liegt sicher auf der Bank – man weiß ja nie, was noch kommt - sodass ich mich zunächst gegen den Kauf entschied, denn die Preise, die der Goldschmied verlangte, waren ebenso erlesen wie seine Werke. Ich beschloss abzuwarten, ob ich den Ring nicht vielleicht im Ausverkauf etwas günstiger erstehen könnte. Ein wenig betrübt ging ich nach Hause, kochte mir einen Tee und setzte mich mit der Tageszeitung in meinen bequemen Sessel.

»Einbruchserie im Süden der Stadt! Wir bitten die Anwohner, alle nötigen Sicherheitsvorkehrungen zu

treffen!«, las ich und bekam einen Schrecken, denn genau im beschriebenen Stadtteil wohnte ich schließlich. Viel Wertvolles gibt es bei mir zwar bis heute nicht zu stehlen, allerdings befindet sich das ein oder andere glitzernde Schätzchen dennoch in meiner kleinen Schmuckschatulle. Nun muss ich zugeben, dass ich an diesen neumodischen Alarmanlagen wenig Gefallen finde. Die Technik ist mir viel zu kompliziert. Hans, der Mann meiner Freundin Christel, hatte etwa ein Jahr zuvor das gemeinsame Haus mit modernsten Sicherheitsanlagen ausstatten lassen. Seitdem musste Christel eine Zahlenkombination eintippen, wenn sie vom Einkaufen oder vom Frisör kam, was aufgrund ihrer Vergesslichkeit zu einigen peinlichen Fehlalarmen geführt hatte. Monatelang wurden daraufhin die Lebensmittel geliefert, und sowohl die Frisörin als auch die Kosmetikerin machten Hausbesuche. Meine Freundin traute sich kaum noch ohne ihren Hans vor die Tür, bis dieser ihr endlich einen Armreif schenkte, in den die Zahlen eingraviert waren. Nein, das war nichts für mich! Es musste einen anderen Weg geben, mich zu schützen.

Zum Glück war ich im Umgang mit Dieben nicht gänzlich unerfahren. Vor knapp drei Jahren hatte ich durch Zufall die kleine Taschendiebin gestellt, die der Polizei so viel Kopfzerbrechen bereitet hatte. Auch wenn ich bis heute nicht weiß, wie ich damals so fahrlässig gewesen sein konnte, nach der Gartenarbeit die frisch geschliffene Rosenschere, die zu allem Unglück auch noch geöffnet war, in meine Handtasche zu legen und darüber hinaus den Reißverschluss offen zu lassen. Als ich ausgerechnet dort einkaufen fuhr, wo in den vergangenen Tagen so viele ältere Damen beraubt worden waren, hörte ich plötzlich lautes Geschrei.

Der schreckliche Krach kam von einem jungen Ding, das mich ziemlich vorwurfsvoll ansah. Ich meine, natürlich war es mir unangenehm, aber ich hatte nun mal kein Verbandsmaterial griffbereit, wer rechnet denn mit so einem Missgeschick? Jedenfalls weckte das Gejammer der jungen Frau die Aufmerksamkeit der Passanten, die schleunigst die Beamten alarmierten. Die Diebin tat mir leid, aber sie war schließlich selbst schuld. Nur wegen einer blutenden Hand hätte sie sich wirklich nicht so anstellen müssen! Und meine Geldbörse wäre sowieso in meiner Jacke gewesen, denn dank der Presse war ich ja vorgewarnt gewesen, dass ein Taschendieb sein Unwesen trieb.

Jetzt allerdings dachte ich darüber nach, wie ich mir diese Erfahrung zunutze machen konnte. Da mein Haus alt ist und über hohe Decken verfügt, hat es über vielen Türen einen gemauerten Vorsprung, was meinen Überlegungen sehr entgegen kam. Ich suchte lange nach einem passenden Gegenstand. Schließlich entdeckte ich ganz hinten im Schrank einen schweren, gläsernen Aschenbecher. Eine Scheußlichkeit aus den Sechzigern, ein Erbstück meiner Tante Martha, Gott hab sie selig, das ich aus Gründen der Pietät behalten hatte. Nachdem ich ihn mit einer festen Schnur umwickelt hatte platzierte ich ihn auf dem Bord über der Wohnzimmertür. Fortan knotete ich allabendlich das Ende der Kordel an die Klinke und ging mit einem beruhigten Gefühl zu Bett.

Was soll ich sagen – die Einbruchserie ging munter weiter, und die Polizei tappte weiterhin im Dunkeln. Lediglich mein Haus blieb verschont. Fast wäre ich nachlässig geworden. Als ich mich schon entschieden hatte, Tantes Marthas Erbe erneut in den Schrank zu verbannen, kam ich eines Morgens die Treppe hinunter und fiel beinahe über die Füße eines Mannes, der leblos am Boden lag. Auf den ersten Blick sah er recht harmlos aus: Um die dreißig, mittelblonder Vollbart, dunkle, gepflegte Kleidung. Seine Haarfarbe konnte ich nicht erkennen, denn er hatte sich seine Kapuze über den Kopf gezogen. Ein wenig erzürnt über all das Blut, das mein Parkett befleckte, wollte ich sofort zum Telefon greifen, um den Verursacher der Verschmutzung schnellstmöglich beseitigen zu lassen. Dann überlegte ich es mir aber anders und durchsuchte zunächst die Taschen des Mannes. Was dadurch erschwert wurde, dass er plötzlich begann, sich zu bewegen und merkwürdige Geräusche von sich zu geben, die wie ein Stöhnen klangen. Ich unterbrach mein Tun und nahm zunächst Tante Marthas Aschenbecher hoch, der gefährlich nah am Kopf meines Besuchers lag. Schließlich sollte er sich nicht daran stoßen! Leider muss ich verschwitzte Hände gehabt haben, sodass das Erbstück mir entglitt. Entsetzt hielt ich die Luft an: Nein, - es war alles gut gegangen. Das Glas hatte gehalten. Es geht eben nichts über echte Wertarbeit! Immerhin gewann ich noch etwas Zeit, um den Inhalt der Taschen des jungen Mannes zu begutachten, denn dieser stellte sein Ächzen sofort wieder ein.

Sie glauben gar nicht, was ich alles gefunden habe! Ich meine, ich habe ja durchaus Achtung vor Menschen, die in ihren Berufen erfolgreich sind. Ketten, Armreifen, Ohrringe – und eben diesen Ring, der noch schöner war als der, den ich beim

Juwelier so bewundert hatte. Und zu meiner Genugtuung auch noch wertvoller – inzwischen habe ich ihn nämlich schätzen lassen. Während ich die Ausbeute zurück in die Jacke stopfte, fiel mir das kleine Ding versehentlich aus der Hand und kullerte unter eine Kommode. Dort fand ich den Ring erst wieder, als der Mann längst in Polizeigewahrsam war und ich endlich dem hässlichen Blutfleck zu Leibe rücken konnte.

Aber mal ganz ehrlich: An meiner Hand sieht der Schmuck bestimmt viel besser aus als an der des Einbrechers! Und von der Belohnung, die für die Ergreifung des Täters ausgesetzt war, kann ich mir sogar noch einen passenden Armreif kaufen. Manchmal hat man eben Glück!

Eine Leiche im Keller

Sie möchten wissen, warum ich Gartenarbeit sinnvoll finde? Nun, ich werde es Ihnen gern erzählen ...

Seit einem halben Jahrhundert gehört der donnerstägliche Nachmittag unserem Kaffeeklatsch, der reihum stattfindet. Und so saßen wir neulich ganz entspannt auf Christels Terrasse und plauderten über die Woche, die seit unserem letzten Treffen vergangen war. Wir, das sind Agathe, Christel und ich. Beste Freundinnen seit Jugendzeiten. Im Laufe der Jahre ist aus dem »Trio infernale«, wie wir uns früher kichernd nannten, eher ein »Trio der Gemütlichkeit« geworden. Das darf ich allerdings nicht zu laut sagen, ansonsten wären die beiden anderen beleidigt.

Christel hatte eine herrliche Schwarzwälder Kirschtorte gebacken. Das kann sie wirklich gut, sie liebt es, stundenlang die tollsten Kreationen aus Sahne, Nougat, Marzipan oder Buttercreme zu fertigen. Ich halte mich da eher an schnellere Rezepte, und Agathe macht es sich ganz leicht und kauft lediglich den halben Kuchenbestand des nahegelegenen Bäckers auf. Nun ja! Jede, wie sie eben will …

Ich schob mir gerade die Kuchengabel in den Mund, als Christel leichthin sagte:

»Ich habe übrigens eine Leiche im Keller.«

Vor Schreck verschluckte ich mich und hustete Sahne und Krümel über die hübsche Tischdecke, was mir einen missbilligenden Blick der Gastgeberin eintrug. Agathe hingegen antwortete trocken:

»Hat das nicht irgendwie jede von uns? Komm, Christel, beichte, was hast du ausgefressen?«

Unsere Freundin errötete zart.

»Ausgefressen?«, wiederholte sie gedehnt. »So würde ich das nicht nennen. Ich habe mich lediglich geärgert, weil dieser Versicherungstyp mich neulich abends so arrogant behandelt hat. Sagt der mir doch glatt ins Gesicht, eine Ausbildungsversicherung lohne sich in meinem Alter nicht mehr. Ich bitte euch, so etwas geht einfach nicht.«

»Eine Frechheit«, nickte Agathe kauend, »und dann?«

»Dann ist der charmante Herr die Kellertreppe heruntergefallen«, erklärte Christel triumphierend. Wir blickten sie auffordernd an. Sie lächelte glückselig.

»Also«, bequemte sie sich endlich zu weiteren Einzelheiten, »er bat um ein Getränk. Da habe ich behauptet, ich könne aufgrund meines Alters die Stufen nicht mehr gut steigen und ob er sich sein Wasser bitte selbst holen könne. Und als er so am oberen Absatz stand und den ersten Schritt machen wollte, habe ich ihm einen klitzekleinen Schubs gegeben, weil ich ein bisschen wütend auf ihn war.«

»Christel! Lass dir bitte nicht jeden Wurm aus der Nase ziehen«, drängte ich, als sie schon wieder pausierte, um in aller Ruhe einen Schluck aus ihrer Tasse zu nehmen. Aus meiner Sicht gab es noch andere Gesprächsthemen als Ausbildungsversicherungen und durstige Vertreter. Ich brannte darauf, meinen Freundinnen von der preisreduzierten Handtasche zu berichten, die ich im Schaufenster einer noblen Boutique für Ledermoden entdeckt hatte.

»Ihr kennt ja meine Treppe«, unterbrach Christel meine Gedanken, »glatt und steil. Da muss man langsam und vorsichtig gehen, nicht so hastig und unter komischen Verrenkungen wie er. Als er unten war, hat er nicht mehr Piep gesagt. Ich bin dann kurz darauf zu Bett gegangen. Aber es stört mich, dass er seit drei Tagen am Fuß der Treppe im Weg liegt. Jedes Mal, wenn ich etwas aus dem Keller brauche, muss ich über ihn steigen. Außerdem kommt mein Mann in zwei Wochen aus der Kur zurück, und ich weiß nicht, wie ich ihm die Anwesenheit eines Fremden erklären soll. Es hilft nichts, der Typ muss weg! Allein kann ich ihn dort nicht wegbewegen, er ist zu dick und somit zu schwer. Könntet ihr mir helfen, ihn zu entsorgen?«

»Wie denn?« fragten Agathe und ich wie aus einem Mund. Christels Augen glitzerten.

»Nun ich habe doch diesen großen Schredder. Und da dachte ich ...«

»Blödsinn!«, fiel Agathe ihr barsch ins Wort. Leider ist sie immer so direkt und ziemlich besserwisserisch. Allerdings, das muss ich zugeben, meistens sehr pragmatisch. Christel verstummte gekränkt.

»Mensch, Christel, kannst du dir die Sauerei vorstellen? Meinetwegen können wir ihn im Blumenbeet verbuddeln, hinten an der großen Hecke, da, wo dein Garten nicht einsehbar ist. Aber schreddern ..., wenn ich an das ganze Blut denke ...« Agathe schüttelte missbilligend den Kopf.

»Von mir aus«, maulte Christel, und ich machte schnell einen konstruktiven Vorschlag, um die Wogen zu glätten: »Wartet noch! Ich fahre rasch zur Gärtnerei. Bei Meyers sind Hortensien im Angebot. Die sind nicht nur hübsch, sondern auch winterfest, die können wir darüber pflanzen.«

»Sehr gute Idee«, lobte Agathe, stand tatendurstig auf und klopfte mir anerkennend auf die Schulter. »Dann mal los! Ich bin sowieso satt. Später essen wir den Rest der Torte.«

Als ich abends nach Hause kam, tat mir der Rücken ganz schön weh. Aber die Mühe hat sich gelohnt: Das neu gestaltete Beet sieht wirklich hübscher aus als zuvor. Und jetzt weiß ich, was ich mit den inzwischen skelettierten Überresten des Elektrikers machen kann, der vor etwa zehn Jahren ähnlich unverschämt gewesen war wie der Vertreter von Christels Versicherung. Mann, hat der mich von oben herab behandelt! Ich ärgere mich heute noch darüber.

Als er an der Starkstromleitung arbeiten wollte und ich die Sicherung abdrehen sollte, muss ich wohl den falschen Schalter betätigt haben. Glücklicherweise war der Handwerker recht dünn, sodass ich ihn problemlos in dem kleinen Kellerraum deponieren konnte, den ich normalerweise nie betrete. Irgendwie hat mich dieses Wissen all die Jahre über etwas gestört.

Endlich habe ich die Lösung gefunden, diese Angelegenheit zu klären. Christel hat mich auf die Idee gebracht. Ich habe nämlich auch einen Schredder. Den werde ich morgen mal benutzen. Anschließend werde ich mir die Tasche gönnen, auch wenn ich neulich nicht mehr dazu gekommen bin, Agathe und Christel diesbezüglich um Rat zu fragen. Ich denke, nach all der Arbeit habe ich eine kleine Belohnung redlich verdient.

Zwei auf einen Streich

Sie möchten wissen, wie ich meinen zweiten Ehemann kennengelernt habe? Nun, ich werde es Ihnen gern erzählen ...

Es war kurz nach dem unerwarteten Ableben meines ersten Gatten. Ich grämte mich sehr, denn ich hatte zwar neben dem Haus und etwas Geld auch den fast nagelneuen Opel Kapitän geerbt, wäre zu Lebzeiten meines Gemahls jedoch nie auf die vermessene Idee gekommen, den Führerschein zu machen. Somit stand das schöne Auto seit Wochen ungenutzt in der Garage, während ich meine Einkäufe mit dem Fahrrad erledigen musste. Und abends, nachdem ich munter das Tanzbein geschwungen hatte, blieb mir nichts anderes übrig, als ein Taxi zu rufen, was sich nur schlecht mit meinem ausgeprägten Hang zur Sparsamkeit vereinbaren ließ.

»Kleines, ich habe eine gute Idee, wie ich dir helfen könnte«, bot sich mein besorgter Vater in seiner selbstlosen Art an. »Du könntest mir den Wagen überlassen. Dann hättest du Platz in der

Garage, um dort beispielsweise eine Töpferscheibe aufzustellen. Jetzt, wo du Witwe bist und nicht mehr für einen Mann sorgen darfst, brauchst du schließlich eine andere Tätigkeit, die deinem Leben noch einen Sinn gibt.«

Ich war ihm wirklich dankbar, lehnte sein großzügiges Angebot dennoch ab. Zunächst war er gekränkt, aber als ich ihm verriet, dass ich mit dem Gedanken spielte, selbst das Fahren zu erlernen, liefen ihm vor Lachen die Tränen über sein Gesicht.

»Kleines«, kicherte er amüsiert, »wer hat dir denn diese Flausen in den Kopf gesetzt? Autofahren ist wesentlich schwieriger als kochen oder putzen. Eine Frau ist doch gar nicht in der Lage, gleichzeitig zu lenken, zu schalten und dabei auch noch auf den gefährlichen Straßenverkehr zu achten! Nein, vergiss diesen absurden Einfall, und such dir lieber schnell einen neuen Mann, damit du eine Aufgabe hast.«

Vermutlich hatte er recht. Trotzdem wollte ich es auf einen Versuch ankommen lassen und meldete mich am folgenden Tag ein wenig zaghaft bei einer Fahrschule an. Der Besitzer, ein sympathischer Herr in den Fünfzigern, rieb sich freudig die Hände. Im Gegensatz zu meinem Vater machte er mir allerdings sofort Mut:

»Das ist eine gute Idee, meine Teuerste! Erst kürzlich hat es eine Dame bereits im dritten Anlauf und nach nur 52 Fahrstunden geschafft, den Führerschein zu erhalten. Sie müssen einfach nur genügend Zeit und Geduld aufbringen. Ihr Gatte scheint ja über ein ausreichendes Einkommen zu verfügen, wenn er Ihnen dieses unbestreitbare Wagnis erlaubt! Mein eigener Broterwerb sollte dadurch jedenfalls für die nächste Zeit gesichert sein.«

Seine Worte noch im Ohr saß ich nach bestandener Theorieprüfung hochmotiviert zum ersten Mal hinter dem Lenkrad eines winzigen Autos. Herr Krupp, mein ältlicher Fahrlehrer, zwängte sich mit leidender Miene auf den Beifahrersitz und jammerte sofort los:

»Immer muss ich die aussichtslosen Fälle übernehmen! Wäre ich doch besser Polizist oder Maurer geworden! Aus meiner Sicht gehört eine Frau ausschließlich hinter den Lenker eines Kinderwagens, aber meine Meinung interessiert ja niemanden. Können Sie wenigstens zwischen links und rechts unterscheiden?«

Nun, das konnte ich zum Glück. Herr Krupp blieb dennoch kritisch und nörgelte weiterhin während jeder Unterrichtsstunde an mir herum. Auch wenn es mir zu seinem Erstaunen recht schnell gelang, zumindest in der Theorie zwischen Gaspedal und Bremse zu unterscheiden. Sogar die hochkomplizierte Schaltung begriff ich sofort, da sie einem Muster glich, das ich gerade in einen Pullover strickte.

Somit durfte ich bereits in der elften Stunde erstmalig auf einem Parkplatz das Anfahren üben. In der sechzehnten traute mir der mutiger werdende Herr Krupp die erste Kurve zu. Vier Stunden später gestattete er mir, probeweise in den zweiten Gang zu schalten. Und nach nur acht Wochen durfte ich sogar auf einer selten befahrenen Nebenstraße üben. Ich hätte vor Stolz platzen können!

Nach weiteren zwei Wochen bekam ich einen neuen Fahrlehrer. Kruppi, wie ich den inzwischen liebgewonnen Skeptiker heimlich nannte, musste für einige Tage ins Krankenhaus. Nichts Schlimmes, nur eine Kleinigkeit, solche Unfälle können eben mal passieren! Er hätte ja nicht aussteigen müssen, dann wäre ich ihm auch nicht versehentlich über den Fuß gerollt. Allerdings muss ich zugeben, dass mir Kruppis Nachfolger wesentlich sympathischer war. Nicht nur, weil er jünger und attraktiver war, nein, er hatte auch noch weitaus mehr Ehrgeiz, seinen Fahrschülern zum Erfolg zu verhelfen. Aus diesem Grund brachte er mich bereits nach unserer zweiten gemeinsamen Fahrstunde nach Hause, um dort ganz unentgeltlich mit mir zu üben. Als Gegenleistung lud ich ihn zum Essen ein, woraufhin er mich am nächsten Abend zum Tanzen begleitete.

Dank seines unermüdlichen Einsatzes wurde ich sehr bald zur Prüfung zugelassen. Da mir vor lauter Aufregung sehr warm war, trug ich trotz des Dauerregens nur einen kurzen Rock über meinen nackten Beinen, was dem Prüfer die Möglichkeit gab, sehr genau darauf zu achten, ob ich ordnungsgemäß kuppelte und bremste. Nach über einer Stunde schien er sehr zufrieden, denn er händigte mir ohne jede Beanstandung die lang ersehnte Fahrerlaubnis aus. Vor lauter Freude fiel ich meinem fantastischen Ersatz-Fahrlehrer spontan um den Hals, woraufhin dieser mich an seine starke, stolzgeschwellte Brust zog und küsste. Einen Monat später machte er mir einen Heiratsantrag, den ich glücklich annahm.

Nun, als wir nach der Prüfung gemeinsam davonfahren wollten – ich zum ersten Mal am Steuer meines Opels, den Kruppis Nachfolger wohlweislich mitgebracht hatte - sah ich sie plötzlich unter ihren Schirmen am Straßenrand stehen: meinen Vater und neben ihm zu meinem Erstaunen den lieben Herrn Krupp, der inzwischen wieder an Gehstöcken laufen konnte.

Was sind manche Menschen doch neugierig! Als ich fröhlich winkend an ihnen vorbeifuhr, gab ich aus lauter Übermut mehr Gas als nötig. Die große Pfütze muss ich übersehen haben, gegen die auch die Schirme nichts ausrichten konnten. Viele Monate später, als mein Vater endlich wieder mit mir sprach, erfuhr ich, dass die beiden Herren wohl reflexartig zurückgewichen sein mussten, wobei Kruppi seines Gipsbeines wegen stürzte und meinen Vater mit zu Boden riss. Abgesehen von ein paar Schürfwunden und Prellungen ist zum Glück nichts passiert. Der Gips hat gehalten. Und Kleidung kann man schließlich trocknen.

Phoenizia in die Asche

Sie möchten wissen, warum ich im Umgang mit Alkohol eher vorsichtig bin? Nun, ich werde es Ihnen gern erzählen ...

Es war zu der Zeit, als ich noch mit meinem ersten Mann so glücklich war. Jung und verliebt verbrachten wir so viel Zeit wie möglich zu zweit, pflegten darüber hinaus aber auch ein geselliges Haus und einen großen Freundeskreis.

»Am Samstag sind wir bei Herbert zum Essen eingeladen. Er feiert seinen Geburtstag«, teilte mir mein Mann eines Abends mit. Ich freute mich und nahm mir vor, zu seinem Geburtstag im kommenden Monat ebenfalls eine kleine Party zu organisieren.

Es war eine muntere Runde, die sich wenige Tage später bei Herbert einfand. Neben den Freunden war auch seine weitverzweigte Familie zu Gast: Eltern, Geschwister, Onkel und Tanten, Cousins und Cousinen, Großtanten zweiten und Großneffen dritten Grades ... nach der endlosen Vorstellungsrunde schwirrte mir ordentlich der Kopf. Es waren nette Menschen, wirklich! Besonders Herberts jüngste Schwester Patrizia, von der er immer geschwärmt hatte:

»Sie ist wunderschön! Also, wenn es nicht meine Schwester wäre …! Bald kommt ihr neuer Film in die Kinos, den müsst ihr euch auf jeden Fall angucken. Ihr wisst ja, dass ihr Künstlername Phoenizia ist?«

Ja, das wussten wir. Schließlich redete unser Freund ständig von ihr, was ich hin und wieder übertrieben fand. Seine Frau offenbar auch, denn ihr Lächeln wirkte oft ein wenig gequält. »Patrizia hat jetzt einen Oscar«, erzählte Herbert ein anderes Mal. Ich wunderte mich ein wenig über den Stolz in seiner Stimme, denn es ist sicher sehr schön, letztendlich aber doch nichts so Besonderes, einen neuen Lebenspartner zu finden.

Nun lernten wir sie endlich kennen. Ich war verwirrt, denn ich hatte angenommen, dass eine Schauspielerin genügend Geld verdient, um sich schöne Kleidung leisten zu können. Doch Patrizia musste offensichtlich sparen, denn ihr Rock war ziemlich kurz, und obenrum trug sie ebenfalls nur sehr wenig Stoff. Außerdem kam sie allein, ihr Oscar schien sie inzwischen verlassen zu haben. Also tat sie mir sehr leid, deshalb bemühte ich mich, ganz besonders freundlich zu ihr zu sein.

Mein Mann schien ähnlich zu empfinden. Aus lauter Mitleid saß er den ganzen Abend neben Patrizia und lauschte voller Aufmerksamkeit ihrer zarten Stimme.

»Bald werde ich berühmter sein als Audrey Hepburn«, hörte ich sie selbstbewusst behaupten. »Die hat doch nur bei Tiffany gefrühstückt, ich bitte dich, das kann ja wohl jede drittklassige Schauspielerin. Ach, was rede ich da, das kann eigentlich jede brave Hausfrau, selbst deine Gattin und meine langweilige Schwägerin würden das irgendwie hinkriegen, essen müssen wir schließlich alle! Nein, da habe ich, Phoenizia, ganz andere Qualitäten!«

Mein Mann sah sie bewundernd an und nickte zu jedem ihrer Worte. Später, als alle schon eine Menge Wein oder Bier getrunken hatten, legte er immer wieder tröstend den Arm um Patricias Schultern. Es war mir unangenehm, dass ich im Vorbeigehen gegen ein volles Bierglas stieß, das vor Herberts berühmter Schwester auf dem Tisch stand. Unglücklicherweise kippte es um und zerbrach. Das ganze schöne Bier schwappte über Patrizias Röckchen, sodass die großartige Schauspielerin notgedrungen weit vor Ende des gelungenen Abends nach Hause fahren musste. Ich beschloss, auch sie zu der Geburtstagsfeier meines Mannes einzuladen, um mein Missgeschick wieder gut zu machen.

Fünf Wochen später, am Tag vor der großen Party meines Gatten, begab ich mich in den nahegelegenen Wald. Hatte ich schon erzählt, dass ich eine leidenschaftliche Pilzsammlerin bin? Ich liebe es, stundenlang durch die Natur zu streifen und nach Rotkappen, Steinpilzen und Pfifferlingen Ausschau zu halten. Und meine Freude ist besonders groß, wenn ich ein paar Schopftintlinge oder Goldröhrlinge entdecke.

An diesem Tag hatte ich allerdings wenig Glück. Ich fand zwar viele Waldchampignons, aber keinen einzigen der anderen erhofften Exemplare. Und dabei hätte ich so gerne ein exklusives Pilzgericht zubereitet, denn insgeheim hatte ich mich bereits auf die entzückten Ausrufe und die lobenden Worte unserer Gäste gefreut. Nachdem ich schon fast aufgeben wollte, entdeckte ich zu meiner Erleichterung einige etwas größere Gewächse, die einen knollenartigen Stängel hatten und weiße Lamellen unter dem Hut. Es waren leider nicht viele, aber es würde reichen, um sie als

Vorspeise zu reichen. Vermutlich handelte es sich um eine seltene, besonders aromatische Champignon-Art; wenigstens mit ihnen würde ich Eindruck schinden, wenn ich schon ansonsten nur ein normales Pilzgulasch zu Kartoffelklößen und Rotkohl anbieten konnte.

Patrizia erschien erneut ohne ihren Oscar. Und trotz der kühlen Witterung hatte sie abermals an Stoff gespart und erschien in viel zu dünnen Fähnchen. Das arme Ding – es musste doch frieren! Mein Herz quoll über vor Mitleid. Ich hatte das dringende Bedürfnis, dieser bezaubernden jungen Frau etwas Gutes zu tun, warf meine Pläne das Essen betreffend über Bord, reichte den übrigen Gästen lediglich Feldsalat mit gebuttertem Toast und gönnte ausschließlich Patrizia die seltenen Pilze. Sie freute sich sehr, aß sie mit Genuss, trank ein paar Glas Bier dazu und ließ sich auch an diesem Abend von meinem Mann in den Arm nehmen. Ich war unendlich stolz auf sein gutes Herz! Gewiss hatte er gemerkt, wie sehr sie in den dünnen Fähnchen fror. Sie zu wärmen war wirklich eine seiner besten Ideen!

Am darauffolgenden Tag rief Herbert an und erzählte bedrückt, seine Schwester habe fürchterliche Bauchschmerzen. Ich machte mir große Sorgen, doch zum Glück erholte sie sich rasch wieder. Nach weiteren drei Tagen ging es ihr allerdings wieder schlechter. Der Notarzt brachte sie ins Krankenhaus, wo sie leider an einem Leberversagen verstarb. Ich meine, dass sie dem Alkohol nicht abgeneigt war, das hatte ich ja selbst beobachtet, aber dass sie so empfindlich war, hat mich zutiefst erschüttert!

Seitdem trinke ich selbst Alkohol allerdings nur noch in Maßen. Meiner Leber zuliebe. Ich habe ja nur die eine!

Stein des Anstoßes

Sie möchten wissen, warum heute am späten Vormittag der Wagen des Steinmetzes auf meiner Einfahrt stand? Nun, ich werde es Ihnen gerne erzählen ...

Es begann vor einigen Wochen. Thomas, mein Patensohn, kam zu Besuch und brachte seine vierjährige Tochter mit. Das niedliche Mädchen übte auf der Garagenzufahrt Rollerfahren, als es plötzlich laut zu weinen begann. Es war gegen den schweren Stein gefahren, der an der Ecke der benachbarten Einfahrt liegt, und hingefallen. Das hässliche, halbmetergroße Ding ist mir seit über dreißig Jahren ein Dorn im Auge. Ich habe immer befürchtet, dass es eine Gefahr darstellen könnte. Und siehe da: jetzt hatte es zu dem Sturz der Kleinen geführt, deren linkes Knie eine leichte Rötung aufwies.

Gut, man musste genau hinsehen! Und nachdem Thomas ein paar tröstende Worte gesprochen und ich ein Eis hervorgezaubert hatte, waren die Tränen schnell wieder vergessen. Das Kind spielte an anderer Stelle munter weiter, aber ich beschloss, nun endgültig dafür Sorge zu tragen, dass dieser gefahrenträchtige Felsbrocken verschwand.

Nur wie? Sie müssen wissen, dass meine Nachbarn und ich nicht gerade die allerbesten Freunde sind. Was nicht an mir liegt, möchte ich betonen!

Die Missstimmung zwischen uns begann bereits, als das Ehepaar Brettschneider vor gut drei Jahrzehnten ins Nachbarhaus zog und den Stein an der Ecke platzierte. Weil ich nichts davon wusste, knirschte es scheußlich, als ich mit gewohntem Schwung in meine Zufahrt einbog. Um weitere Schäden an meinem Wagen zu vermeiden, bat ich die neuen Nachbarn freundlich darum, das störende und aus meiner Sicht extrem hässliche Ding zu entfernen. Herr Brettschneider wäre meinem Wunsch vermutlich nachgekommen, denn er sah mich sehr wohlwollend an. Doch seine Gattin war strikt dagegen.

»Aber Hasi«, sagte sie energisch zu ihrem Mann, und ich weiß noch, dass ich mich über diesen merkwürdigen Vornamen etwas wunderte, »dieser Stein ist eine ausgesprochen dekorative Begrenzung unseres Grundstücks.

Nebenbei ist er ein Souvenir unserer Hochzeitsreise. Er bleibt liegen!«

»Wie du meinst, Mausi«, gab er sofort nach. Dieser Name erstaunte mich ebenfalls, denn auch ihn hatte ich noch nie gehört. Betrübt machte ich mich auf den Heimweg und dachte darüber nach, mir ein kleineres Auto zuzulegen.

Immerhin übte Hasi damals hinter dem Rücken seiner Frau das Umfahren des Hindernisses mit mir. Es machte uns beiden viel Spaß, sodass wir unsere gemeinsame Zeit im Auto auch fortsetzten, als ich längst in der Lage war, einen passenden Bogen um die fragwürdige Dekoration zu machen. Leider missverstand Mausi die Situation, als sie eines Tages früher als erwartet nach Hause kam. Dabei war alles ganz harmlos; ihr Gatte frischte lediglich meine Kenntnisse in Erster Hilfe auf. Dennoch habe ich seitdem Hausverbot im nachbarlichen Anwesen, und Hasi darf mich nicht einmal mehr grüßen.

Bis zu dem schweren Unfall des kleinen Mädchens hatte ich mich bemüht, die Brettschneiders zu übersehen. Doch nun war ich zum Handeln gezwungen! Mausi Brettschneider musste endlich begreifen, wie wichtig es ist, Stolperfallen zu eliminieren. Erst recht, da sie und ihr Mann mittlerweile in die Jahre gekommen waren. Man hört und liest ja immer wieder, wie unvorsichtig ältere Menschen sind, wie oft sie über alltägliche Gegenstände stürzen und wie leicht sie sich dabei verletzen! Folglich war es aus meiner Sicht in Mausis eigenem Interesse, sie mit sanften Methoden davon zu überzeugen, ihre häusliche Umgebung sicherer zu machen.

Am Abend spannte ich einen dünnen Blumendraht quer über meine Zufahrt. Ich wusste, dass die Gefahrenignorantin jeden Morgen frische Brötchen holte. Den Weg zum Bäcker kürzte sie ab, in dem sie einige Meter über mein Grundstück lief. Was ich allerdings nicht vorhersehen konnte: ausgerechnet an diesem Tag war sie krank. Unglücklicherweise übersah der Briefträger den Draht, fiel prompt mit seinem Fahrrad auf das harte Pflaster und brach sich den rechten Arm. Natürlich leistete ich sofort Erste Hilfe. Während wir auf den Krankenwagen warteten, sammelte ich die vielen Briefe ein, die beim Sturz aus den Körben geflogen waren und überall verteilt lagen. Dabei entfernte ich unbemerkt den Draht, denn als sparsamer Mensch konnte ich diesen bestimmt noch für meine Pflanzen gebrauchen.

Drei Tage später war die Steinliebhaberin wieder genesen. Ich startete einen neuen Überzeugungsversuch und ließ abends versehentlich meine Gießkanne auf der Einfahrt der Brettschneiders liegen, nah am Haus, da, wo die große Hecke das meiste Licht schluckt. Ich konnte ja nicht ahnen, dass Hasi am nächsten Morgen einen Arzttermin hatte, zu dem er nüchtern erscheinen musste. Ich meine, Mausi hätte ja dennoch zum Bäcker fahren können. Nach der Blutabnahme hätte ihr Mann mit Gewissheit Hunger gehabt.

Auf jeden Fall hätte seine Frau ihn zum Arzt begleiten müssen! Sie weiß schließlich, dass sein Augenlicht inzwischen nachgelassen hat, und ohne Frühstück ist man ja noch etwas wackeliger auf den Beinen als sonst … Na ja, ein Schenkelhalsbruch ist heutzutage kein großes Problem mehr. Und an Hasis neuem, künstlichem Hüftgelenk wird mit größter Wahrscheinlichkeit keine Arthrose entstehen, was ich als großen Vorteil ansehe.

Ich gab mein Vorhaben auf. Meine Nachbarin schien einen guten Schutzengel zu haben. Stattdessen kaufte ich einen Blumenkübel aus Ton, pflanzte Vergissmeinnicht hinein und stellte ihn auf die oberste der vier Stufen, die zu ihrer Haustür führen. So als kleine Geste der Anteilnahme, da Mausi sich ja derzeit bestimmt ein wenig einsam fühlte.

Doch was soll ich sagen? Prompt übersah sie mein gut gemeintes Geschenk, stolperte und fiel die Stufen hinunter. Auch sie brach sich ein Bein. Man brachte sie in dasselbe Krankenhaus, in dem schon ihr Mann lag. Eigentlich ganz praktisch, nicht wahr?

Sehen Sie – deswegen stand heute früh der Wagen des Steinmetzes da. Ich habe das Hochzeitsreisesouvenir entfernen lassen, denn man hat mir zugetragen, dass meine Nachbarn in den nächsten Tagen nach Hause kommen werden. Allerdings wird Mausi Brettschneider wohl zukünftig auf einen Rollator angewiesen sein, was der Bäcker zutiefst bedauert.

Ob nun Roller oder Rollator – spätestens zu diesem Zeitpunkt hätte der schreckliche Stein ein gravierendes Risiko dargestellt! Auch wenn es mit sehr viel Glück dreißig Jahre lang gut gegangen war. Für mich war es ein selbstverständlicher Akt der Nächstenliebe, die Gefahr sogleich endgültig abzuwenden. Ich erwarte keinen Dank. Man will ja schließlich nur helfen!

Die Frau sei des Mannes Untergang

Sie möchten wissen, warum ich die Farbe Blau nicht mag? Nun, ich werde es Ihnen gern erzählen ...

Als ich noch ein kleines Mädchen war, pflegte mein fürsorglicher Vater mir mit einfachen Worten das Leben zu erklären.

»Kleines«, sagte er dann beispielsweise, »zwischen Männern und Frauen bestehen große Unterschiede. Ein Mann ist weitaus stärker und klüger als eine Frau. Aus diesem Grund steht schon in der Bibel geschrieben: Der Mann ist des Weibes Haupt. Die Frau sei dem Manne untertan.«

Er tätschelte mir über die Haare und forderte mich auf: »Und jetzt lauf zu deiner Mutter in die Küche, damit du kochen lernst, denn so wie sie wirst auch du irgendwann dein Glück darin finden, einen Mann zu umsorgen.«

Dreißig Jahre später - es war in den Siebzigern – war ich zum zweiten Mal verheiratet. Wie es sich für eine Frau geziemt, kochte und putzte ich für meinen Mann, wusch und bügelte seine Wäsche, hielt ihm jeden Abend die Tür auf, wenn er müde von seiner anstrengenden Arbeit kam und hörte mit großen Augen zu, wenn er über schwierige Dinge sprach. Über Politik beispielsweise. Nach der Wahl habe gerade ein gewisser Helmut Schmidt einen Willi Brandt auf irgendeiner Kanzel oder in irgendeiner Kanzlei abgelöst, und mein Mann meinte, nun würde alles noch viel besser. Ich nickte erfreut und schlug ihm eifrig vor:

»Dann lade die Herren doch einmal zum Essen ein, wenn du sie so gut leiden kannst!«

Er lachte aus vollem Hals, strich mir zärtlich über den Kopf und sagte:

»Kleines, davon verstehst du nichts. Geh lieber in die Küche und koch mir etwas Leckeres! Damit würdest du mir eine große Freude bereiten.«

So nannte er mich immer: Kleines. Wie mein Vater. Fast jeder Satz begann mit diesem Wort. Doch sagte er es zu Beginn unserer Ehe noch liebevoll, wurde sein Ton allmählich fordernder. »Kleines, putz mir die Schuhe! Kleines, bügle mir die Hose! Kleines, brate mir ein Schnitzel!«

Mit der Zeit ärgerte mich das ein wenig.

Eines Morgens kam er in die Küche und hielt mir eines seiner Hemden hin. »Kleines«, rief er mit vorwurfsvoller Stimme »so geht das nicht weiter! Was sollen denn meine Kollegen von dir denken? Schau her, der Knopf ist lose! Du hast ihn nicht ordentlich angenäht.«

Bestürzt eilte ich los, um meinen Flickkorb zu holen, und nähte den Knopf so fest ich konnte. Und die anderen Knöpfe gleich mit, sicher ist sicher. Leider vergaß ich dabei zwei Nadeln im Hemdkragen, was mir aber erst auffiel, als mein Mann mit seiner gewohnt ruckartigen Bewegung den Knoten der Krawatte nach oben zog, unmittelbar darauf einen sehr fremd klingenden Laut von sich gab und sich den Schlips schnellstmöglich wieder vom Hals zerrte.

Am darauffolgenden Freitagmorgen kündigte er an:

»Kleines, morgen gehe ich aufs Dach. Da sind ein paar Ziegel locker.« Ich nickte bewundernd und beschloss, noch schnell die Dachfenster zu putzen, damit er auf keinen Fall etwas zu beanstanden hätte. Ungeschickt, wie ich manchmal bin, stieß ich gegen die Flasche mit der Schmierseife, die ich auf dem Fensterbrett abgestellt hatte, um auch die Rahmen gründlich zu reinigen. Sie war offen, sodass der Inhalt über die Dachziegel lief. Ich dachte mir nichts weiter dabei. Der nächste Regen würde schließlich alles wieder wegspülen.

Am folgenden Tag ging ich einkaufen, während mein Mann sich den geplanten Reparaturen widmete. Als ich zurückkam, stand zu meinem Entsetzen der Rettungswagen vor unserer Tür.

»Vielleicht war es eine Sturmböe. Oder Ihrem Mann ist plötzlich schwindelig geworden. Er selbst ist leider nicht ansprechbar, wir können bisher nur mutmaßen«, erklärte mir der Sanitäter voller Mitgefühl.

Erst vier Wochen später war mein Angetrauter wieder zu Hause, durfte sich jedoch weiterhin auf keinen Fall bewegen, sondern musste strikt das Bett hüten, denn die Beckenbrüche waren noch lange nicht ausgeheilt.

Die Ärzte hatten ihm viele Medikamente verschrieben. Es gab rote und grüne Tabletten sowie eine Schachtel mit blauen, auf der »Morphium« stand. Man hatte mir eingeschärft, er dürfe auf keinen Fall mehr als eine dieser blauen Tabletten pro Tag nehmen, denn sie seien sehr wirksam. Fortan war es meine Aufgabe, dafür zu sorgen, dass er die ganzen Pillen regelmäßig bekam.

Mein Mann war ein ungeduldiger Patient. Er rief mich alle paar Minuten zu sich. Sogar nachts. »Kleines, bring mir die Tabletten! Kleines, mach mir etwas zu essen! Kleines, ich brauche die Bettpfanne! Kleines, es ist dringend, geht das nicht schneller?«

Seine Unruhe machte auch mich etwas nervös. Ich schlief sehr schlecht und wurde immer unkonzentrierter. Vor Müdigkeit nickte ich manchmal ein, wenn er auf der Bettpfanne saß. In einer solchen Situation wurde er immer sehr böse auf mich.

Eines Abends – wir lagen im Bett und ich schlief bereits - rüttelte er mich unsanft wach und bat: »Los, Kleines, hol mir mehr als diese eine lächerliche Schlaftablette, die der Quacksalber mir verordnet hat. Ich will endlich mal eine komplette Nacht durchschlafen. Du kannst mich dann morgen mit dem Frühstück wecken.«

Schlaftrunken stand ich auf, drückte gehorsam zehn Tabletten aus dem Blister in eine Schale, zerstieß sie zu Pulver und gab sie in ein Glas mit Wasser. Erst am nächsten Morgen, als mein armer Gatte nicht mehr wach wurde und ich zunächst das gewünschte Frühstück zubereitete, bevor ich den Notarzt rief, fiel mir auf, dass ich in meiner Schläfrigkeit versehentlich statt der grünen die blauen Pillen zerkleinert hatte. Sicherheitshalber verschwieg ich es, es war anscheinend jedoch sowieso nicht weiter schlimm. Der Arzt behauptete jedenfalls, mein Mann sei an einer Lungenembolie verstorben. Ich weiß zwar nicht genau, was das ist, aber es klingt gefährlich.

Allerdings mag ich seitdem die Farbe Blau nicht mehr besonders gern.

Was Hänschen nicht lernt,
lernt Hans immer gern

Sie möchte wissen, warum ich mit Vorliebe große Autos fahre? Nun, ich werde es Ihnen gern erzählen ...

Vor vielen Jahren, als Agathe, Christel und ich zum Kaffee verabredet waren, parkte ich in bester Stimmung meinen alten, kleinen Opel gegenüber von Christels Haus. Zeitgleich entstieg auch Agathe ihrem schicken, nagelneuen VW-Käfer. Unsere Gastgeberin musste uns vom Küchenfenster aus gesehen haben, denn sie lief uns mit wehender Kittelschürze entgegen. Gemeinsam bestaunten wir Agathes knallroten, kugeligen Neuerwerb, und ich nahm mir heimlich vor, mich sehr bald ebenfalls nach einem hübscheren und vor allem größeren Fahrzeug umzusehen. Schließlich konnte es nicht angehen, dass Agathe immer die Nase vorn hatte!

Noch während wir auf der Straße standen, rauschte ein anderer Wagen heran, der mit quietschenden Reifen so knapp neben mir zum

Stehen kam, dass ich vor Schreck einen Satz zur Seite machte, ausrutschte - und unsanft auf dem Pflaster landete. Aus dem Auto stieg Hans, Christels Angetrauter, der mich nicht weiter beachtete, sondern sich stattdessen zornig an seine Frau wandte:

»Meine Krawatte hat einen Fleck. Und ich habe gleich ein wichtiges Geschäftsessen. Wie kannst du nur so unaufmerksam sein?«

Christel eilte erschrocken ins Haus, um ihm einen sauberen Schlips zu holen. Unterdessen warf Hans einen abfälligen Blick auf mein altes Auto und murmelte: »In so eine Schrottkarre würde ich keinen Fuß setzen.« Anschließend betrachtete er Agathes Käfer von allen Seiten.

»Ein netter Wagen«, stellte er schließlich jovial fest. «Zu schade, dass er binnen kürzester Zeit voller Beulen sein wird. Wenn ich da nur an den Wertverlust denke … Frauen können nun mal nicht Auto fahren!«

Agathe setzte zu einer Erwiderung an, doch in der Zwischenzeit war Christel wieder bei ihrem Hans angelangt und bemühte sich, ihm die herbeigeholte Krawatte zu binden. Ich saß noch immer auf dem Boden und rieb meinen Knöchel, als mein Blick auf eine recht spitze Glasscherbe fiel, die im Rinnstein lag. Es sah

hässlich aus. Ich schob sie mit dem Fuß vor Hans
Auto, erhob mich endlich vom harten Asphalt
und nahm mir vor, die Scherbe später
aufzuheben und in den Müll zu werfen, denn ich
bin schon immer eine überzeugte Gegnerin von
Umweltverschmutzung jeder Art gewesen.

Mit aufheulendem Motor fuhr Hans davon.
Sekunden später knallte es. Es war ein Ton, als
ob ein Luftballon platzt. Nur viel lauter. Sein
Wagen schlingerte, es knallte erneut, und das
Auto bremste abrupt an einer Straßenlaterne.
Erschrocken eilten wir Frauen zur Unfallstelle.
Hans kletterte schimpfend aus dem Wagen und
besah sich den ramponierten Kotflügel.

»Der verdammte Reifen muss geplatzt sein,
sodass ich die Kontrolle verloren habe«,
lamentierte er. »Und dabei muss ich so dringend
in den Betrieb zurück. Ein lukrativer Auftrag
wartet auf mich.«

»Soll ich dich schnell fahren?«, bot ich ihm an.
Sein verächtlicher Blick war Antwort genug.

»Als ob ich mich von einer Frau fahren ließe«,
knurrte er. »Nein, ich rufe mir ein Taxi. Geht ihr
mal Kochrezepte austauschen. Dabei kann
wenigstens nichts passieren.«

Später, nachdem wir Christels fantastischem
Frankfurter Kranz zu Leibe gerückt waren,

kullerte Christel plötzlich eine Träne aus dem Auge.

»Was hast du?«, fragte Agathe erschrocken.

»Ich würde auch so gerne den Führerschein machen«, bekannte sie verschämt. »Aber Hans erlaubt es nicht. Der sagt immer: Frauen fahren besser. Mit dem Fahrrad.«

Sie schniefte in ein Taschentuch, trocknete die Tränen und seufzte: »Das habe schon sein Vater so gesehen. Und somit ist auch Hans davon überzeugt.«

Agathe und ich lächelten uns an. Wie so oft waren wir uns ohne Worte einig: Wir würden unsere Freundin nicht im Stich lassen!

Drei Monate später hatte Christel hinter dem Rücken ihres Mannes mit unserer finanziellen Unterstützung erfolgreich den Führerschein bestanden und zeigte uns voller Stolz das ersehnte Dokument.

»Und? Wann sagst du es deinem Mann?«, fragten Agathe und ich unisono.

Unsere Freundin blickte betrübt. »Nie. Das muss unser Geheimnis bleiben. Bevor Hans sich auf den Beifahrersitz setzt, muss er schon Arme und Beine in Gips haben!«

«Na, das wollen wir ihm aber nun wirklich nicht wünschen«, antwortete Agathe entsetzt.

»Auf keinen Fall«, bestätigte ich ebenso erschrocken und schämte mich insgeheim ein bisschen, weil ich spontan gedacht hatte, das sei eigentlich keine so schlechte Idee.

Einige Tage später setzte ich endlich mein Vorhaben in die Tat um, nach einem neuen Auto Ausschau zu halten. So war ich an einem traumhaft schönen Nachmittag in einem mittelgroßen BMW unterwegs, den ich testen wollte. Als Frau muss man schließlich wissen, ob es in dem potenziellen neuen Wagen genügend Spiegel gibt und ob die Fußmatten so beschaffen sind, dass man mit den hohen Absätzen nicht hängenbleiben kann!

Zufälligerweise fuhr ich auf meiner Probefahrt genau die Strecke, die Hans auf seinem täglichen Heimweg in Gegenrichtung zu nutzen pflegte. Da die Sonne schon ziemlich tief stand, übersah ich an einer Kreuzung, dass die Ampel, die das Abbiegen nach Links regelt, rot war. Es war mein Glück, dass der Fahrer des entgegenkommenden Fahrzeugs schnell reagierte, ansonsten hätte er mich gerammt. Doch so kam er nur ins Schlingern und krachte frontal gegen den mächtigen Baum, der auf der Verkehrsinsel inmitten der Kreuzung wuchs. Froh, dass mein BMW heil geblieben war, fuhr ich weiter und beschloss, mir lieber das größere Modell zu kaufen, das beim Händler auf einen neuen Besitzer wartete.

Am Abend klingelte mein Telefon.

»Du wirst es nicht glauben«, sprudelte Christel aufgeregt los, »Hans hatte einen Unfall. Irgendjemand muss ihm die Vorfahrt genommen haben. Nun liegt er mit einem gebrochenen Knie und einer ausgekugelten Schulter im Krankenhaus. Ich habe gleich die Chance genutzt, als er noch ein wenig verwirrt von der Narkose war, und ihm vorgeschlagen, dass ich ihn in den nächsten Wochen zum Arzt fahren könne.«

Sie machte eine Kunstpause.

»Und? Was hat er gesagt?«, drängelte ich neugierig.

»Ja«, jubelte sie los, »er hat tatsächlich Ja gesagt! Ich kann mein Glück kaum fassen!«

Nun, ich machte ihr Glück noch perfekter und schenkte ihr meinen betagten Opel, mit dem sie zwei Wochen später ihren Hans aus der Klinik abholte. Ich war froh, die Kiste los zu sein. Der Schminkspiegel des BMW ist nämlich beleuchtet. Große Autos bieten eben ungleich mehr Komfort.

Nachts sind alle Katzen schwarz

Sie möchten wissen, warum an der Garderobe ein schwarzes Kleid hängt? Nun, ich werde es Ihnen gern erzählen ...

Es war vor etwa zwei Monaten. Vor dem leerstehenden Haus ein Stück weiter die Straße hoch parkte ein Möbelwagen. Nicht, dass Sie denken, ich sei besonders neugierig – nein, ich wollte sowieso gerade spazieren gehen. Da sah ich ihn: meinen neuen Nachbarn! Sein Anblick ließ mein Herz höherschlagen: graumelierte Haare, schlank, attraktiv und offenbar vermögend, denn er trug einen maßgeschneiderten Anzug, und auch die teure Armbanduhr war ganz sicher kein Imitat. Nicht, dass Sie denken, dass mir so etwas wichtig ist. Aber als störend empfinde ich es auch nicht!

Darüber hinaus fuhr er einen schicken Wagen, auf dessen Heck das Wort »Jaguar« zu lesen war. Ein merkwürdiger Name für ein Auto, wenn Sie mich fragen!

Ich witterte meine erste Chance, den neu zugezogenen Herrn kennenzulernen, als ich ihn beim Einkaufen traf. Inzwischen war mir bekannt, dass er an jedem Freitagabend die Vorräte für die nächste Woche besorgte. Unglücklicherweise war mir just an diesem Freitagnachmittag die Milch ausgegangen, die ich dringend für meinen abendlichen Schlummertrunk benötigte. Mit leisem Bedauern verzichtete ich auf meine vorabendliche Serie im Fernsehen, denn ausgerechnet an diesem Tag sollte sich entscheiden, ob sich der junge Arzt endlich zu seiner großen Liebe, einer Patientin, die er einmal im Notdienst betreut hatte, bekennen würde. Seit Wochen litt ich mit dem verunsicherten Mann, und ich hatte bereits verschiedene erzürnte Schreiben an seine grässliche Ex-Freundin geschickt, die diesen aufstrebenden Mediziner mittels Erpressung an seinem Glück hindern wollte. Nun gut, ich würde sicher bald erfahren, ob meine Vorschläge, das Drehbuch umzuschreiben, umgesetzt worden waren. Außerdem sollte mir mein eigenes Glück noch etwas wichtiger sein als das der sympathischen Schauspieler!

Nachdem ich mein Auto neben dem noblen Gefährt meines Nachbarn geparkt hatte, lief ich diesem in den Gängen des Supermarktes zufällig über den Weg. Doch er nahm mich gar nicht wahr, tippte stattdessen auf seinem Handy herum und fuhr mir dabei mit der Rolle des Einkaufwagens über den kleinen Zeh.

«Entschuldigung», murmelte er, ohne mich dabei anzusehen. Das ärgerte mich ein wenig. In meiner Verstimmung war ich wohl etwas unaufmerksam, als ich mich nach dem Bezahlen mit meinem Einkaufswagen den Autos näherte. Aus meiner Sicht war der lange Kratzer im schwarzen Lack seines Wagens aber nicht so schlimm, denn ein Auto ist schließlich lediglich ein Gebrauchsgegenstand.

Die zweite Chance auf ein persönliches Kennenlernen bot sich, als ich ihn zwei Wochen später in der Apotheke traf, wo ich Abführtabletten kaufen wollte. Die besonders starken, denn meine Verdauung – nun, im Alter wird es nicht einfacher.

Offenbar in Eile stürmte mein attraktiver Nachbar in den Raum und verlangte ein Mittel gegen Reiseübelkeit, weil er, wie er erklärte, noch am selben Tag einen achtstündigen Flug in die USA vor sich habe.

»Es gibt verschiedene Produkte. Doch ich muss wissen, ob Sie Allergien haben«, erkundigte sich die freundliche Apothekerin.

»Nur gegen Katzen. Um die muss ich in der Tat einen großen Bogen machen, sonst brauche ich sogar den Notarzt«, antwortete er, während sein Handy bimmelte. Er meldete sich, sagte »Moment«, wandte sich um und ging kurz nach draußen, um zu telefonieren. Dass er bei seiner Drehung mit dem Ellenbogen gegen mich stieß, schien ihn nicht zu interessieren. Mich allerdings kränkte sein Verhalten. Während die hilfsbereite Apothekerin einer älteren Dame die Tür aufhielt, befand ich mich einen Augenblick lang allein an der Verkaufstheke. Vor mir lagen zwei Packungen mit Tabletten. Ohne groß nachzudenken vertauschte ich den Inhalt der Schachteln, denn bei genauer Überlegung waren meine Verdauungsbeschwerden doch nicht so schlimm, und Medizin gegen Reiseübelkeit würde ich ja vielleicht auch einmal benötigen.

Nachdem er von seiner Reise zurückgekehrt war, wartete ich vergeblich auf eine dritte Chance. Also beschloss ich, dem Schicksal auf die Sprünge zu helfen. Ich backte einen wunderbar duftenden Marmorkuchen und klingelte an seinem Gartentor.

»Ja bitte?«, fragte er nach einiger Zeit durch die Sprechanlage. Im Hintergrund hörte ich die Stimme einer Frau fragen: »Schatz, wer ist da?«

Na ja, ich wollte ja nicht stören! Also nahm ich den Kuchen wieder mit und begrub all meine Hoffnungen. Doch irgendwie war ich ein bisschen enttäuscht.

Letzten Mittwoch ging ich mitten in der Nacht spazieren. Im Alter braucht man schließlich nicht mehr so viel Schlaf. Die Straße war wie ausgestorben, außer einer schwarzen Katze war kein Lebewesen zu sehen.

Ich kam an dem Wagen meines gutaussehenden Nachbarn vorbei, den er am Straßenrand geparkt hatte. Aus reiner Neugier betätigte ich den Griff der Fahrertür, die sich zu meiner Verwunderung öffnen ließ. Ich schüttelte den Kopf über die Nachlässigkeit mancher Menschen, doch da ich schon immer wissen wollte, wie der Innenraum eines solchen Sportwagens gestaltet ist, beugte ich mich nach vorne und besah mir voller Ehrfurcht das verwirrende Cockpit, die edlen Sitze und die Verkleidung aus Holz. Mahagoni, vermute ich, denn eine der antiken Kommoden in meinem Schlafzimmer hat haargenau denselben Braunton, wobei ich mein Schränkchen schöner finde. Jedenfalls müssen mir dabei wohl einige Leckerlis aus der Tasche gefallen sein, die ich extra an diesem Tag für die Nachbarkatze gekauft hatte. Die schlaue Katze bemerkte es und huschte an mir vorbei ins Innere des Autos. Wie niedlich es aussah, als sie sich schnurrend auf dem Fahrersitz zusammenrollte! Gerührt streichelte ich sie und fütterte sie mit weiteren Häppchen, bis mein Vorrat aufgebraucht war. Das Tier fühlte sich offensichtlich wohl, denn nach etwa einer Stunde konnte ich es nur unter enormer Mühe wieder auf die Straße locken. Die Kratzer auf meinem Handrücken sind immer noch zu sehen.

Was soll ich sagen? Am nächsten Tag hatte mein Nachbar einen tragischen Unfall auf der Autobahn. Eine Bekannte erzählte mir etwas von einem »anaphylaktischen Schock«, den die Ärzte bei der Obduktion festgestellt hätten. Ich weiß nicht genau, was das ist, aber es klingt gefährlich.

Morgen ist die Beerdigung. Sie können sich sicher vorstellen, dass mir sehr daran gelegen ist, meinem liebenswerten Nachbarn das letzte Geleit zu geben …

Wenn andere eine Grube graben

Sie möchten wissen, warum dieser Brief dort auf der Kommode liegt? Nun, ich werde es Ihnen gern erzählen ...

Die Geschichte dieses Schreibens begann vor vielen Jahren. Genauer gesagt: am Ende der achtziger Jahre. An einem kalten, aber sonnigen Morgen Mitte November klingelte mein Telefon.

»Gehst du heute auf den Friedhof?«, fragte meine Freundin Christel anstelle einer Begrüßung. Sie klang sehr aufgebracht, was bei ihr eher selten vorkommt. Als ich ihre Frage bejahte, denn dieser schöne Herbsttag lud tatsächlich dazu ein, mal wieder einen Spaziergang zu machen und nebenbei das Laub von den Gräbern meiner lieben Verblichenen zu sammeln, antwortete sie:

»Dann komme ich mit. Holst du mich bitte um drei Uhr ab?«

Auch wenn ich über diese außergewöhnliche Bitte verwundert war, sagte ich natürlich sofort zu. Ich freute mich sehr über ihre Begleitung, denn obwohl ich mich gern mit meinen beiden zu jenem Zeitpunkt verstorbenen Ehemännern unterhielt, so waren diese Gespräche doch immer ein wenig einseitig.

Gut gelaunt stand ich also zur verabredeten Zeit vor Christels Haustür und hupte. Beladen mit zwei riesigen Einkaufstaschen stieg sie in mein Auto.

»Was hast du denn da?«

»Das erkläre ich dir später«, beschied sie mich in einem dermaßen schnippischen Tonfall, dass ich keine weitere Frage wagte.

Nachdem wir meine von mir gegangenen Gatten entblättert hatten, liefen wir auf Christels Wunsch hin noch eine kleine Runde durch den herbstlichen Park. Da ich damit beschäftigt war, die längs der Wege ruhenden Bekannten zu grüßen, bemerkte ich zunächst nicht, dass meine Freundin zielstrebig auf die Mauer zusteuerte, die den Friedhof umschließt. Dort angelangt setzte sie schwer atmend die Taschen ab und blickte um sich. Nur wenige Meter entfernt waren zwei Arbeiter damit beschäftigt, eine neue Grabstelle auszuheben. Ein dritter Mann, offensichtlich der Chef, stand am Rand, rauchte genussvoll eine Zigarette und gab seinen Kollegen gut gemeinte Ratschläge, statt ihnen zur Hand zu gehen.

»Und jetzt?«, fragte ich meine Freundin, die nach wie vor eine verbitterte Miene zur Schau trug. Sie warf einen Blick auf ihre Uhr und antwortete:

»Warte! Die machen bestimmt gleich Feierabend.«

Sie hatte recht.

»Schluss für heute!«, entschied der rauchende Vorgesetzte, warf seine Zigarette ins Gras, hob eine kleine Schaufel auf und trat den Rückweg an. Die beiden anderen ergriffen die schweren Arbeitsgeräte und folgten ihm. Als sie außer Sicht waren, atmete Christel hörbar auf.

»Endlich«, stellte sie fest, öffnete eine der Taschen, entnahm ihr einen großen Weißkohl und schlug ihn mit aller Kraft gegen die Mauer.

»Christel! Was machst du da?«, fragte ich fassungslos. Sie ignorierte mich, holte einen Wirsing hervor und wiederholte ihr Tun. Ich ergriff ihren Arm.

»Christel! Was um alles in der Welt soll dieser Quatsch?«

»Dieser Quatsch?«, keifte sie mich an. »Jetzt fängst du auch noch an, mich als blöd darzustellen! Wie mein Mann. Dabei hatte ich ihn nur gefragt, wie es sein kann, dass ein Kohl eine Mauer einreißt. Das hört man doch momentan ständig in den Nachrichten: Kohl hat die Mauer zu Fall gebracht! Und ich verstehe es einfach nicht! Aber ich will es verstehen! Kein Mensch macht sich die Mühe, mir zu erklären, welcher Kohl es war. Und dabei gibt es so viele verschiedene Sorten. Besonders jetzt im Herbst, da kannst du täglich eine andere Sorte auf den Tisch bringen. Aber Hans hat nur Tränen gelacht und über meinen Kopf gestreichelt, statt mir eine vernünftige Antwort zu geben.«

Wütend bückte sie sich und ergriff einen Rotkohl, der ebenfalls an der Mauer zerschellte.

Es fiel mir sehr schwer, ernst zu bleiben, um sie nicht noch mehr zu kränken. Ich meine, sie ist eine Seele von Mensch, aber für Politik hat sie sich noch nie interessiert. Ganz im Gegensatz zu mir. Ich hatte noch wenige Tage zuvor eine Diskussion mit meinem dritten Angetrauten, bei der ich ihm ausführlich meine Ansichten verdeutlicht hatte.

»Es ist kein Wunder, dass unser Land so hohe Schulden hat«, hatte ich gesagt. »Einen Haushalt sollte man wirklich von einer Frau führen lassen! Wenn ich einkaufen gehe, muss ich auch überlegen, wie viel Geld ich im Portemonnaie habe. Vielleicht sollten die Herren vom Finanzministerium das mal begreifen und sich

Rat bei einer Hausfrau wie mir suchen. Ich mag ja nicht studiert haben, aber rechnen kann ich. So kompliziert ist das nun wirklich nicht.«

Mein Mann hatte gelächelt. Gewiss hatte er mich in diesem Augenblick sehr bewundert.

»Schreib doch dem Bundeskanzler mal einen Brief«, hatte er vorgeschlagen. Und genau das würde ich auch schnellstmöglich machen. Ich hatte mich bisher lediglich nicht entscheiden können, ob ich das geblümte Briefpapier nehmen oder dem mit den bunten Schmetterlingen den Vorzug geben sollte.

»Christel, da hast du etwas falsch verstanden«, versuchte ich meine aufgebrachte Freundin zu beschwichtigen, die gerade die zweite Tasche öffnete und einen Blumenkohl hervorzauberte. Doch bevor sie dessen Schlagfertigkeit testen konnte hörten wir eine zornige, männliche Stimme. Sie gehörte dem leitenden Arbeiter, der sich uns mit schnellen Schritten näherte, seine Zigarette drohend auf uns gerichtet.

»Was ist das denn für eine Schweinerei? Meine Damen, sind Sie denn vollkommen verrückt geworden?«

»Noch so einer!«, knurrte Christel, während ich mich zu ärgern begann, dass er offenbar uns beide meinte. Ich hatte ja nun wirklich nichts damit zu tun!

Meine Freundin sah ihn grimmig an und setzte zu Erklärungen an. Doch der Mann ließ sie nicht ausreden, was ich als extrem unhöflich empfand.

»Sie entfernen jetzt sofort diesen ganzen Dreck! Ansonsten zeige ich Sie beide wegen Beschädigung öffentlichen Eigentums an. Hier kann doch nicht jeder seinen Müll abladen«, zeterte er und warf seinen Glimmstängel im hohen Bogen auf den Boden.

Inzwischen war auch ich ziemlich wütend. Ich meine, Lebensmittel sind nun wirklich kein Müll! Außerdem hatte ich bereits damit begonnen, die auf dem Boden liegenden Gemüseblätter aufzusammeln, um sie auf den Gräbern und unter den Büschen zu verteilen. Auch Kaninchen wollen schließlich leben. Daran hatte er ganz sicher nicht gedacht!

Nun, wir waren zu zweit. Und Frauen müssen zusammenhalten. Ohne uns abzusprechen machten wir beide gleichzeitig einen drohenden Schritt auf den Friedhofsgärtner zu, woraufhin er ein paar Schritte zurückwich und in das frisch gegrabene Loch im Boden stürzte. Dort saß er nun und jammerte über sein Bein, das zugegebenermaßen ein wenig merkwürdig aussah. Der Fuß war komisch verdreht, aber hätte er seine Mitarbeiter nicht gezwungen, eine solch tiefe Grube auszuheben, wäre vermutlich auch weniger passiert.

Da es allmählich dunkel wurde, gingen wir nicht weiter auf sein Rufen ein, sondern begaben uns auf den Weg zum Auto. Im Weggehen sah ich die ersten Kaninchen, die sich an den Kohlblättern gütlich taten. Ich hätte den possierlichen Nagern gerne noch länger zugeschaut, doch es wurde Zeit, nach Hause zu fahren, um das Abendessen vorzubereiten. Glücklicherweise konnte ich Christel den Blumenkohl abkaufen, den sie nicht verbraucht hatte, sodass ich nicht mehr zum Laden laufen musste. Mein Gatte hatte in den vergangenen Tagen schließlich oft genug betont, wie wunderbar er Kohl fand.

Aber jetzt wissen Sie, warum dieser Brief dort liegt. Es ist natürlich nicht der, den ich damals leider zu schreiben versäumt hatte. Zum Glück haben wir inzwischen eine Bundeskanzlerin, die naturgemäß deutlich mehr von Haushaltsfragen versteht als ihre männlichen Vorgänger, wodurch mein Rat nicht mehr so dringend erforderlich ist.

Dieses Schreiben hier ist jedenfalls an das Ordnungsamt adressiert. Kürzlich beobachtete ich nämlich auf dem Friedhof einen älteren Mann, der mir irgendwie bekannt vorkam. Überall verteilte er Gemüsereste: Möhrengrün und Kohlrabi-Blätter, Salat und Kohl jeder Sorte. Einerseits tat der Mann mir ein bisschen leid, denn er wirkte etwas verwirrt, und obendrein humpelte er stark. Aber dann warf er seine Zigarettenkippe einfach so auf die Erde, obwohl es genügend Mülleimer gibt. Ich bitte Sie – so etwas geht einfach nicht! Man stelle sich vor, ein Tier fräße sie versehentlich, ... dagegen muss man doch was unternehmen!

Jetzt muss ich nur noch den Brief zur Post bringen. Es wird höchste Zeit, dass diesem Umweltfrevler mal jemand eine Lektion erteilt!

Tyrannosaurus Regina

Sie möchten wissen, wieso ein steinernes Dinosaurierpaar meinen Vorgarten ziert? Nun, ich werde es Ihnen gern erzählen ...

Es war in den Neunzigern. Inzwischen war ich bereits zum dritten Mal verwitwet. Voller Gram beschloss ich, mein Leben fortan allein zu verbringen, denn offenbar hatte ich mit der Wahl der Männer kein Glück.

Als ich jedoch Walter kennenlernte, geriet mein guter Vorsatz spontan ins Wanken. Ich meine, es war ja schließlich nicht meine Schuld, sondern eher eine Verkettung unglücklicher Umstände gewesen, dass ich gleich dreimal eine leicht zu pflegende und gut erreichbare Grabstelle auszusuchen hatte. Und da man als Frau in den besten Jahren ja doch gewisse Bedürfnisse hat, entschied ich mich sehr schnell, meinen selbstauferlegten Zölibat bis auf Weiteres zu verschieben.

Walter verzauberte mich durch seinen Humor und seinen offenen, ehrlichen Charakter. Jeden Montag und jeden Mittwoch besuchte er mich am späten Nachmittag für genau zwei Stunden. An den übrigen Tagen hatte er zu seinem Bedauern keine Zeit, wofür ich natürlich Verständnis aufbrachte. Als Geschäftsführer und Mitinhaber einer kleinen Spielwarenfirma müsse er schließlich sehr viel arbeiten, da das Personal sich weigere, unbezahlte Überstunden zu leisten und nebenbei streng kontrolliert werden müsse. An den Wochenenden, so hatte er mir schon zu Beginn unserer Freundschaft mit betrübter Miene erklärt, reise er zu seiner Kundschaft, und die restliche freie Zeit verbringe er in verschiedenen Clubs oder Vereinen, um den Kundenkontakt zu pflegen.

Als unsere innige Beziehung etwa ein halbes Jahr währte, lud er mich ins Kino ein.

»Ein ganz toller Film über Dinosaurier«, schwärmte er, »den muss ich unbedingt sehen! Meine Firma wird bald kleine Plastikmodelle dieser Reptilien auf den Markt bringen, um die sich alle Kinder reißen werden. Oh, ich freue mich schon auf die zukünftigen Verkaufszahlen!«

»Können wir nicht lieber einen Liebesfilm gucken?«, fragte ich zaghaft, denn ich konnte seine Begeisterung für diese Urzeitechsen nicht so ganz nachvollziehen.

»Nonsens!«, fuhr er mir barsch über den Mund. »Was soll ich denn als Mann in einer solchen Weiberschnulze?«

Ich gab sofort nach. Es war mir sehr wichtig, dass dieser Kinobesuch rundum gelingen würde. Immerhin war es das erste Mal, dass wir gemeinsam ausgingen, und ich hoffte darauf, dass dieser Abend der Auftakt zu weiteren sei. Möglicherweise folgte ja in Kürze sogar eine Einladung in sein Haus, von dem ich bisher nicht einmal wusste, wo es sich befand.

Es befremdete mich zwar ein wenig, dass wir nicht den neu eröffneten Filmpalast unserer Stadt aufsuchten, sondern fast hundert Kilometer fuhren, um in einem viel kleineren Dorfkino auf durchgesessen Stühlen zu sitzen, doch während des wunderbaren Films vergaß ich meine Verwunderung und begann, Walters Leidenschaft für Dinosaurier zu verstehen. Als ich am darauffolgenden Tag durch Zufall eine dekorative Steinfigur entdeckte, die dem Tyrannosaurus Rex – oh ja, ich hatte im Kino gut aufgepasst! - nachgebildet war, kaufte ich sie und beschloss, Walter die Dekoration als Geschenk nach Hause zu bringen.

Glücklicherweise war meinem Liebsten an der Kinokasse sein Ausweis aus dem

Portemonnaie gefallen. Walter hatte sich zwar sehr rasch gebückt, ich war aber noch schneller gewesen und hatte einen Blick auf die Adresse werfen können. Zweifellos würde er sich von ganzem Herzen freuen, wenn ich überraschend vor der Tür stünde. Er würde mich hereinbitten und zärtlich in seine starken Arme nehmen. Ich konnte es kaum noch erwarten!

Auf mein Klingeln hin öffnete eine Frau, die eine Schürze trug und ein Staubtuch in der Hand hielt. Gewiss seine Putzhilfe, dachte ich begeistert, in Kürze würden wir gemeinsam dafür sorgen, dass er ein sauberes Heim hätte. Ich lächelte sie freundlich an und fragte: »Ist Ihr Arbeitgeber zu Hause?«

Ihrem verwirrten Gesichtsausdruck nach schien sie meine Frage nicht zu verstehen, sodass ich mich sicherheitshalber wiederholte: »Ist der Hausherr anwesend? Könnten Sie ihm freundlicherweise ausrichten, dass seine Freundin da ist?«

Sie blickte grimmig, murmelte »Aha! Die Nächste also«, was ich nun absolut nicht begriff, drehte sich um und flötete: »Walter! Hier ist Besuch für dich.«

»Wer ist es denn? Moment, ich komme gleich«, hörte ich seine geliebte Stimme. Mein

Herz schlug schneller, und ich blickte ihm mit strahlendem Lächeln entgegen. Was dann passierte, habe ich bis heute nicht begriffen. Vermutlich geschah es aus Angst, dass ich ihr den Job streitig machen wollte, bestimmt hat sie aus diesem Grund unüberlegt gehandelt. Ich meine, man weiß ja, wie schwer ist, heutzutage eine gute Arbeitsstelle zu finden.

Jedenfalls erstarrte Walter mitten in der Bewegung, als er mich sah. Keine Spur von Freude, stattdessen setzte er eine geschäftsmäßige Miene auf und sagte:

»Sie haben sich bestimmt in der Tür geirrt. Ich ... «

Weiter kam er nicht, denn plötzlich entriss mir die Putzfrau den steinernen Dinosaurier, schoss auf den armen Walter zu und schlug mein schönes Geschenk mit voller Wucht gegen seinen Kopf.

Während mein Geliebter taumelte und nach wenigen Sekunden zusammenbrach, stieß sie lautstark hässliche Schimpfworte aus, die ich hier wirklich nicht wiederholen möchte. Auf jeden Fall schien sie oft in den Zoo zu gehen, denn sie kannte ziemlich viele Tiernamen. Als sie zum zweiten Schlag ausholte, beschloss ich, diese Angestellte auf jeden Fall so schnell wie möglich zu entlassen, denn Menschen mit einer solch schlechten Erziehung mochte ich noch nie. Vor dem dritten gelang es mir, ihr mein Eigentum aus den Händen zu winden und dieses ungastliche Haus zu verlassen.

Zu meiner Verwunderung hat Walter sich nie wieder bei mir gemeldet. Erst war ich ein wenig traurig darüber, aber nachdem ich mir eine weitere Steinfigur für meinen Vorgarten gekauft hatte, war ich etwas getröstet. Dort vorn, neben der japanischen Azalee, sehen Rex und Regina doch ausgesprochen possierlich aus, finden Sie nicht?

Pralinen zum Dinner

Sie möchten wissen, woher ich diese große Schachtel mit Pralinen habe? Nun, ich werde es Ihnen gern erzählen …

Es ist erst ein paar Wochen her, da hörte ich zufällig ein Gespräch, das eine Nachbarin mit ihrem Sohn führte. Wobei der Begriff Nachbarin recht weit gefasst ist. Unsere Häuser befinden sich nämlich in verschiedenen Straßen. Aber die weitläufigen Gärten grenzen an den Rückseiten aneinander. Jedenfalls, wenn man darüber hinwegsieht, dass sie durch etwa vier Meter hohe, blickdichte Ligusterhecken und einen Wirtschaftsweg voneinander getrennt sind. Aus diesem Grund haben Frau Klöckner-Sieberich und ich uns im wahrsten Sinne des Wortes aus den Augen verloren. Manchmal laufen wir uns beim Einkaufen über den Weg und grüßen uns dann mit einem gemessenen Kopfnicken. Das war nicht immer so, denn vor gut fünfzehn Jahren, als die Hecken frisch gepflanzt waren, konnten wir einander noch gegenseitig bei der Gartenarbeit zugucken und den ein oder anderen Tipp austauschen. Da war ihr Sohn Philipp noch ein niedlicher Bengel, der fröhlich mit seinem Dreirädchen über den Rasen düste. Inzwischen muss ich mich ganz hinten im Garten aufhalten, um hören zu können, was jenseits des Ligusters besprochen wird. Aber man findet ja immer etwas zu tun, wenn es darauf ankommt.

»Wie du rumläufst! Guck mal in den Spiegel, wie du aussiehst! Eine Schande ist das!« Frau Klöckner-Sieberich sprach ziemlich laut. Folglich hatte ich keine andere Wahl, als dem Gespräch zu lauschen. Es war schließlich Dienstag, und dienstags beseitige ich nun mal das Unkraut hinten im Garten. Mit liebgewonnenen Gewohnheiten soll man nicht brechen, die geben insbesondere im Alter eine gewisse Struktur! Na, jedenfalls, da meine entfernte Nachbarin ihrem Sohn keine Möglichkeit zu einer Antwort gab, war auch das Wort »Gespräch« möglicherweise nicht ganz zutreffend.

»Löcher in den Ohren, Löcher in den Klamotten! Und mittags erst aufstehen! Du solltest dich schämen! Stiehlst dem lieben Gott die Zeit, hängst nur mit deinen komischen Freunden ab und lässt andere für dich schuften.

Ich bin enttäuscht! Du bist …« Die laute Stimme brach ab, als es knallte. Dem Klang nach hatte jemand die Terrassentür unsanft geschlossen. Etwas betrübt schlich ich ins Haus zurück und schüttelte den Kopf über so viel Intoleranz. Das hatte der arme Philipp nun wirklich nicht verdient!

Ich meine, ich mag ja die jungen Leute von heute. Sie sind viel selbstbewusster als meine Mitschüler und ich es in unserer Jugend waren. Mir hatte meine Mutter immer eingeschärft, ich müsse höflich sein und Respekt vor dem Alter haben. Die jungen Menschen heutzutage leisten sich hingegen den Luxus, ihre Meinung frei heraus zu sagen. Ich persönlich hätte mich als Backfisch nie getraut, mit meinen Freundinnen an einer älteren Dame vorbei zu fahren und »Ey, Alte, aus dem Weg!« zu rufen. So wie neulich, als Philipp und zwei andere junge Männer mit ihren Motorrollern über den Bürgersteig flitzten, den ich gerade entlang ging. Die drei waren natürlich viel schneller als ich und ermahnten mich zweifellos zurecht. Etwas beschämt machte ich Platz und erfreute mich an ihrem Vergnügen, die Motoren aufheulen zu lassen und einander immer wieder zu überholen. Es war wirklich sinnvoll, dass sie den Bürgersteig nutzten, denn auf der Straße mit den vielen Autos wäre es tatsächlich zu gefährlich gewesen. Außerdem finde ich es absolut richtig, dass so viele junge Leute die althergebrachten Verkehrsregeln hinterfragen. Selbst ich habe mich lange schon gewundert, warum man eigentlich nur beim grünen Signal einer Fußgängerampel über die Straße gehen darf, wenn weit und breit kaum Autos zu sehen sind.

Doch diese gerade erst erwachsenen Menschen gehen ja nicht einfach zügig hinüber, so wie ich es damals gelernt habe. Stattdessen zelebrieren sie das Überqueren der Straße ganz und gar unabhängig von der Farbe der Ampel, promenieren im gemächlichen Tempo und bleiben sogar hin und wieder stehen, um den abrupt abbremsenden Autofahrern freundlich zuzulächeln oder mit den Bierflaschen zuzuprosten. Kürzlich schimpfte ein Mann am Steuer wütend los, nannte das Verhalten der sympathischen Jugend gar »unverschämt« und eine »Provokation«. Ich empfand seine Reaktion als vollkommen übertrieben, schließlich hatte er die Stoßstange des vorderen Autos nur ganz leicht berührt. Die kleinen Beulen an den beiden Wagen waren nun wirklich nicht der Rede wert!

Letzten Dienstag war ich auf dem Weg zur

Seniorengymnastik. Wäre ich doch nur fünf Minuten früher losgefahren, dann wäre alles gutgegangen! Aber genau in dem Augenblick, als ich in mein Auto steigen wollte, bog die Schülerin, die die Medikamente für meine angestammte Apotheke ausfährt, mit dem Fahrrad um die Ecke. Sie brachte meine Herztabletten und sollte natürlich ein kleines Dankeschön erhalten. Somit geriet ich etwas unter Zeitdruck. In meiner Eile dachte ich nicht mehr die neue Verkehrsordnung. Zwar sah ich Philipp von Weitem an der Fußgängerampel stehen, ging jedoch in meiner Vergesslichkeit davon aus, dass er warten würde. Ja, ich gab sogar noch etwas mehr Gas, um meine Grünphase auf jeden Fall zu erreichen. Viel zu spät wurde mir mein Irrtum bewusst. Ich trat noch auf die Bremse, konnte allerdings nicht mehr verhindern, dass es einen hässlichen Knall gab. Es war mein Glück, dass die Polizisten noch nicht darüber informiert waren, dass Fußgänger neuerdings nicht mehr auf die Ampelschaltung achten müssen. In ihrer Unkenntnis gaben sie Philipp die alleinige Schuld an dem Unfall. Mich lobten sie für mein beachtliches Reaktionsvermögen, das angeblich in meinem Alter nicht immer selbstverständlich sei.

Frau Klöckner-Sieberich brachte mir kurz darauf eine riesige Schachtel Pralinen, umarmte mich mehrfach und nannte mich einen »menschlichen Schutzengel«. Mir sei es zu verdanken, dass lediglich Philipps Oberschenkel gebrochen sei. Nun läge er im Krankenhaus, wo es ihm so gut gefiele, dass er dort ein Praktikum machen wolle, sobald er wieder laufen könne, denn eine der Krankenschwestern sei ganz besonders nett ...

Na, seitdem genieße ich allabendlich meine Pralinen zum Dinner. Jeden Tag eine – als Frau ist man schließlich bescheiden!

Und ne Buddel voll Ruhm

Sie möchten wissen, woher ich das kleine Schiffsmodell habe, das dort im Regal steht? Nun, ich werde es Ihnen gern erzählen ...

Lassen Sie mich nachdenken: es muss Anfang der Neunziger Jahre gewesen sein, denn ich stand kurz vor meinem fünfzigsten Geburtstag. Mein dritter Gatte und ich lebten ein erfülltes Leben in trauter Harmonie. Von Montag bis Donnerstag verbrachten wir unsere Abende vor dem Fernseher. Freitags ging mein Mann kegeln, während ich mich mit meinem Häkel-und-Strick-Kränzchen traf, wo ich gemeinsam mit anderen ehrbaren Frauen Hasen und Hühner fertigte, um diese auf dem alljährlich stattfindenden Osterbasar zu verkaufen. Der Erlös kam unserer Kirche zugute, was aus meiner Sicht bitter nötig war! Ich hatte bereits etliche Vorschläge zur Verschönerung gemacht, doch bisher waren sowohl die bequemen Sitzkissen für die harten Bänke als auch die farbenfrohen Kunstdrucke im Austausch zu den tragischen Motiven, die die Wände zierten, abgelehnt worden. Na ja! So schnell würde ich die Hoffnung nicht aufgeben, unseren Pfarrer irgendwann doch noch überzeugen zu können, seine Wirkstätte ein bisschen moderner und heimeliger zu gestalten!

Aber zurück zum Ablauf meiner Woche: Am Samstagvormittag kauften mein Mann und ich auf dem Wochenmarkt ein, der spätere Abend war für die gewissenhafte Erledigung der ehelichen Pflichten reserviert, und an jedem Sonntag besuchten wir den Gottesdienst.

Ich empfand unser Leben als aufregend und abwechslungsreich – letzteres vor allem deswegen, weil sich inzwischen verschiedene Privatsender etabliert hatten, die mit ihrem mannigfaltigen Programm für wesentlich mehr Kurzweil sorgten, als es noch einige Jahre zuvor vorstellbar gewesen wäre.

Eines Freitagabends kam mein Mann in bester Stimmung nach Hause.

»Wir haben heute beschlossen, unsere Kasse auf den Kopf zu hauen. Wir gehen segeln«, klärte er mich über seine gute Laune auf.

Erfreut fiel ich ihm um den Hals und begann eifrig zu planen:

»Dann brauche ich sicher noch Gummistiefel und einen neuen Bade …«

Weiter kam ich nicht.

»Mit wir meinte ich die Herren aus dem Kegelclub. Segeln ist nur etwas für echte Männer, ihr Frauen wärt mit diesem harten Sport vollkommen überfordert.«

Das sah ich natürlich sofort ein, auch wenn ich mich sehr gern einmal an Deck einer schicken Yacht gesonnt hätte. Bisher kannte ich nämlich nur die Tretboote vom Waldsee.

Zwei Monate später war es dann soweit. Die acht Mitglieder von »Alle Neune« machten sich auf den Weg, um auf einem Boot namens »Ahoi« die unwegsamen Tiefen des rauen Bodensees zu bezwingen. Ich nutze die Zeit, denn es war dringend erforderlich, endlich mal wieder alle Schränke zu sortieren, mit frischem Papier auszulegen und mit Duftsäckchen zu bestücken, die ich in meinem Nähclub gefertigt hatte.

»Meine Cousine Hannelore ist mit ihrer Gymnastikgruppe auf einem Segelschiff mit dem Namen *AHOI* unterwegs. Nur unter Frauen. Die trauen sich was!«, erzählte meine Freundin Christel voller Bewunderung, als sie mich an einem Nachmittag besuchte.

Ich horchte auf.

»Auf der *AHOI*? Segeln die etwa quer über den Bodensee?«, hakte ich nach.

»Genau! Woher weißt du das?«, fragte sie verwundert. Ich blieb ihr die Antwort schuldig, schüttelte aber den Kopf über so viel weibliche Selbstüberschätzung. Ohne Schutz auf eine solche Fahrt zu gehen - welch ein Glück, dass die Männer an Bord waren, um das Schlimmste zu verhindern! Hoffentlich konnten die sich dennoch ausreichend erholen und mussten sich nicht den ganzen Tag um diese Hupfdohlen kümmern.

»Ach, das war halb so wild«, wehrte mein Mann ab, nachdem er mir einige Tage später sein Mitbringsel in die Hand gedrückt und mich ein wenig zerstreut umarmt hatte. Anschließend nahm er das Telefon, schloss die Tür und begann, seine liegen gebliebenen Geschäfte zu erledigen. Ich bewunderte ihn grenzenlos für seinen Fleiß, während ich seinen Koffer auspackte, seine Wäsche wusch und bügelte, seine Schuhe putzte und seine Kleidung flickte. Zuvor hatte ich sein Geschenk gebührend bewundert. Es war ein winziges Flaschenschiff, dessen Bug in filigraner Schrift mit einem Namen bemalt war. Leider konnte ich diesen nicht entziffern, denn das Glas der Flasche war ausgerechnet an dieser Stelle ein wenig beschmutzt. Ansonsten war das Schiff recht hübsch, und ich stellte es dekorativ in ein Regal im Wohnzimmer.

Es mussten viele Geschäfte liegen geblieben sein! In den folgenden Wochen kam mein Mann kaum einmal pünktlich nach Hause. Wenn er mal anwesend war, sprach er nur das Nötigste mit mir. Meist wirkte er nervös oder gar streitsüchtig. Wir sahen kaum noch zusammen fern, weil er in nahezu jeder Minute in seinem Arbeitszimmer telefonierte. Immer öfter griff er zum Alkohol, vermutlich, um sich mit ein paar Gläschen von seinen Sorgen abzulenken und sich die nötige Bettschwere zu verschaffen. Er tat mir sehr leid. Für diese eine Urlaubswoche musste er offenbar teuer bezahlen!

Nach etwa zwei Monaten saß er eines Abends neben mir auf dem Sofa. Auf dem Tisch standen eine Flasche Rum sowie ein kleines Glas, das er in immer kürzeren Abständen austrank und neu befüllte.

»Ich muss mir Mut antrinken«, gab er mir auf mein vorsichtiges Nachfragen zur Antwort. Wie umständlich Männer doch sein können! Aus der Küche holte ich ein größeres Glas, schenkte es randvoll und hielt es ihm hin. Er leerte es in einem Zug. Eifrig goss ich nach und brachte ihm sicherheitshalber eine zweite Flasche, denn die erste ging viel zu schnell zur Neige.

»Isch muss mit dir reden«, nuschelte er eine Viertelstunde später. Ich wartete gespannt. Bestimmt hatte er eine schöne Überraschung für mich. Schließlich hatte ich oft genug betont, dass ich gerne eine Kreuzfahrt machen würde.

Endlich hatte er genügend Mut gefunden. Ruckartig hob er den Kopf, stierte mich aus glasigen Augen an und lallte:

»Isch will dich verlassen!«

Nein, wie war ich gerührt, auch wenn ich lieber das Ticket für die Reise gehabt hätte. Gleichzeitig war ich darüber belustigt, wie sehr doch der Alkohol das Sprechen erschwert. Da hatte er glatt ein winziges, allerdings entscheidendes Wort vergessen. Ganz sicher hatte er »Ich will dich nie verlassen« sagen wollen!

»Das klären wir morgen«, beschied ich ihn liebevoll. »Heute solltest du nur noch baden und danach schlafen gehen. Warte, ich lasse dir Wasser ein!«

Folgsam taumelte er hinter mir die Treppe hinauf, zog sich schwankend aus und stieg in die Wanne. Ich setzte mich auf einen Hocker und dachte darüber nach, welchen Pyjama ich ihm bringen sollte. Plötzlich fielen seine Augen zu und er begann, leise zu schnarchen. Dabei sackte er ein wenig tiefer ins Wasser.

Unwillkürlich entfuhr mir ein tiefer Seufzer. Meine schwachen Kräfte reichten niemals aus, ihn ins Bett zu tragen. Er würde notgedrungen in der unbequemen Badewanne schlafen müssen.

Fürsorglich ließ ich heißes Wasser nachlaufen, bis die Wanne nahezu randvoll war, damit er nicht frieren musste. Anschließend ging ich ins Bett, denn ich war inzwischen sehr müde geworden.

Als ich am nächsten Morgen aufstand, war das Badewasser kalt geworden. Mein Mann war im Schlaf so weit heruntergerutscht, dass sein ganzer Kopf bedeckt war. Ich lief ins Wohnzimmer, zerschlug die Flasche, die er mir von seiner Kegeltour mitgebracht hatte, nahm das kleine Schiff, ging zurück ins Bad und setzte es auf das Wasser. Es sah lustig aus, wie es gemächlich auf der Oberfläche schwamm. Und jetzt, ohne das störende Glas, war der Name des Bootes auch wesentlich besser zu entziffern. »Gegenwind« las ich und dachte, dass das ein sehr schöner Name sei.

»Nun sag schon! Auf welche Weise ist er denn nun von uns gegangen?«, fragte Christel mich neugierig auf meiner wenige Wochen später stattfindenden Geburtstagsfeier.

»Er ist beim Segeln ertrunken«, gab ich voller Stolz zur Antwort, und alle, die es hörten, machten große Augen. Ich finde, ich bin es meinem Mann schuldig, ihm diesen Ruhm zu gönnen.

Variationen in Gelee

Sie möchten wissen, warum ich meinen Urlaub so gerne am Meer verbringe? Nun, ich werde es Ihnen gern erzählen ...

Es muss Anfang der Neunziger gewesen sein. Ich hatte den ganzen Tag lang Kirschmarmelade eingekocht und mich darauf gefreut, meinem Mann ein paar wohlschmeckende Brote zu servieren, wenn er von der Arbeit kam. Zu meiner Enttäuschung verzog er jedoch missmutig das Gesicht, als ich ihm den gut gefüllten Teller reichte.

»Immer dieses eintönige Essen«, maulte er, während er zügig ein Brot nach dem anderen verspeiste und mit Bier nachspülte. Trotz meiner leichten Enttäuschung genoss ich diesen Moment der innigen Zweisamkeit. Direkt nach unserer Hochzeit hatte sich nämlich ein wundervolles Ritual zwischen uns eingespielt, das wir begeistert zelebrierten: Da mein Gatte die harte Brotrinde nicht mochte, aß er lediglich das Weiche und schob mir anschließend die Reste zu. Auf diese Weise wurden wir beide satt.

Und hatten redlich geteilt, wie es sich für ein gutes Ehepaar gehört.

Nachdem mein Liebster sich auch noch den schnell zubereiteten Nachschlag einverleibt hatte, lehnte er im Türrahmen und sah mir beim Aufräumen und Wischen der Küche zu. Plötzlich meinte er:

»Manchmal wünschte ich, ich hätte es so gut wie du! Nur das bisschen Haushalt und der Garten … ich hingegen schufte täglich acht Stunden am Schreibtisch, um dir dieses Leben bieten zu können.«

»Du hast natürlich recht«, antwortete ich mit schlechtem Gewissen, »aber …«

»Jetzt komm mir nicht wieder mit deiner ehrenamtlichen Tätigkeit im Seniorenheim!«, brauste er auf. »Das ist schließlich keine Arbeit, sondern dein Freizeitvergnügen. Nein, im Gegensatz zu dir brauche ich dringend Urlaub. Ich denke, wir fahren im Sommer nach Rügen.«

»Nach Rügen?«, fragte ich begeistert zurück. In Gedanken sah ich mich am Strand liegen, in den Wellen baden, auf den Kreidefelsen spazieren, durch Binz flanieren …

»Ja. Nach Rügen. Auf dieser Insel hat schon mein Großvater seine Ferien verbracht. Seinen Erzählungen nach wachsen dort Hagebutten und Sanddorn in Hülle und Fülle. Während ich mich am Strand entspanne, kannst du all diese Geschenke der Natur ernten und zu Tee und Marmelade verarbeiten. Schließlich machst du ja quasi das ganze Jahr zu Hause Urlaub, sodass du die Abwechslung begrüßen wirst. Und ich muss nicht mehr ständig diese langweilige Kirschkonfitüre essen.«

Er hatte immer so fantastische Ideen! Das würden die spannendsten Ferien meines Lebens werden. Und ein wenig Veränderung auf dem Speiseplan konnte tatsächlich nicht schaden. Ich fieberte der baldigen Abreise entgegen.

Frohgemut machte ich mich bereits am ersten Tag unseres Urlaubs auf den Weg, um in den Dünen die mitgenommenen Taschen und Tüten mit den reichhaltig wachsenden Früchten zu befüllen. Als ich meinen Mann am späten Nachmittag vom Strand abholte, packte er seine Handtücher, die Sonnenmilch und all die anderen Utensilien, die er benötigt hatte, zusammen, drückte mir den Korb und die Kühltasche in die Hand, winkte einer brünetten Dame zu, die sich wenige Meter entfernt in einem knappen Bikini auf ihrem Strandlaken räkelte, und lief leichtfüßig die Treppen des

Dünenaufgangs hinauf. Da ich ziemlich beladen war, weil mir insbesondere die unter meinen rechten Arm geklemmte Luftmatratze das Laufen erschwerte, kam ich nicht so schnell hinterher, sodass er auf mich warten musste.

»Du solltest an deiner Kondition arbeiten«, merkte er stirnrunzelnd an. »Helga und ich haben heute stundenlang Beachball gespielt. Selbstverständlich habe ich gewonnen, doch für eine Frau hat sie sich ganz wacker gehalten. Auf jeden Fall hat sie nicht so geschnauft wie du.«

Beschämt beschloss ich, noch am selben Abend mit der Zubereitung der Marmelade zu beginnen, um ihm zu beweisen, dass auch ich über Energie und Elan verfügte. Ich zerteilte die Hagebutten und entfernte die kleinen, haarigen Körnchen aus dem Inneren, die an den Händen jucken, wenn man sie berührte. Aus den Früchten kochte ich ein schmackhaftes Gelee, das meinen Mann mit der Tatsache versöhnen sollte, eine solch unsportliche Frau geheiratet zu haben. Während ich noch Töpfe und Geschirr schrubbte, schlief er bereits und murmelte im Schlaf etwas, das wie »Helga« klang. Ich freute mich sehr, dass er eine so nette Dame kennengelernt hatte, wenn er schon ohne mich am Strand liegen musste.

Die nächsten Tage vergingen auf ähnliche Weise. Inzwischen hatte die brünette Helga ihr Laken direkt neben dem meines Angetrauten ausgebreitet. Augenscheinlich schien sie das Oberteil ihres Bikinis verloren und keinen Ersatz im Gepäck zu haben. Ich erwog kurzfristig, ihr einen von meinen Badeanzügen zu leihen, die ich ja nicht benötigte, verwarf diese Überlegung jedoch, um sie nicht zu beschämen.

An jedem Tag brachte mein Mann ihr eine Kleinigkeit mit: Sanddorntee, Hagebuttenlikör, oder das ein oder andere Glas meiner Gelees, in deren Zubereitung ich immer geübter wurde. Als ich eines Morgens eine weitere, mir unbekannte Pflanze entdeckte, die vermutlich eine besonders seltene schwarze Hagebuttenart war, lief ich geschwind zum Strand, um sie meinem Liebsten voller Stolz zu zeigen. Aber ich traf ihn nicht an. Auch Helgas Handtuch war verwaist. Ich entdeckte die Köpfe der beiden draußen im Meer. Mein Mann streichelte ihr liebevoll über die Haare und flüsterte ihr etwas ins Ohr.

Die Arme, dachte ich spontan, vermutlich hat sie sich an einer Muschel verletzt, und er will sie trösten. Man weiß ja, wie weh das tut. Was ist mein Gatte doch für ein guter Mensch!

Da ich ihm jedoch unbedingt die schwarzen Früchte zeigen wollte, wartete ich geduldig darauf, dass die beiden Schwimmer aus dem Wasser kämen. Um die Zeit zu nutzen begann ich, meine morgendliche Ernte zu verarbeiten. Ich zerschnitt zunächst die roten Hagebutten, wobei die meisten der kitzelnden Körnchen auf Helgas Tuch fielen. Aber das empfand ich nicht als so tragisch. Der nächste Windstoß würde sie schließlich wegwehen.

Als ich mit meiner Arbeit fertig war, befanden sich mein Gatte und seine Urlaubsbekanntschaft immer noch im Wasser. Helga musste sich schwer verletzt haben, anders konnte ich mir die liebevollen Gesten meines Mannes nicht erklären. Ich verschob mein Vorhaben auf den Abend und verließ den Strand, um nach weiteren, schwarzen Früchten zu suchen. Helga sollte auch von mir ein tröstendes Geschenk erhalten. Von der Düne aus konnte ich beobachten, wie die beiden aus dem Wasser kamen. Sie hielten sich an den Händen, was meine Vermutung erhärtete, dass Helga Hilfe beim Laufen benötigte. Vor lauter Schmerzen versäumte sie sogar, sich abzutrocknen und ließ sich stattdessen einfach auf ihr Handtuch fallen. Doch nur wenige

Minuten später rannte sie zum Meer zurück. Ich war froh, dass sie augenscheinlich wieder genesen war.

Abends kochte ich Marmelade aus den schwarzen Früchten, die bei genauerem Hinsehen dann doch eher unseren heimischen Kirschen als den lokalen Hagebutten glichen. Da sie leicht bitter schmeckten, fügte ich viel Zucker hinzu, was auch das leicht pelzige Gefühl überdeckte, das ich beim Probieren eines winzigen Obststückchens im Mund hatte. Es tat mir sehr leid, dass ich nur so wenige Früchte gefunden hatte, denn ich hätte auch meinen Mann gerne mit dieser Delikatesse verwöhnt. Doch da er vor einigen Wochen Kirschkonfitüre als langweilig bezeichnet hatte, fiel es mir nicht ganz so schwer, ihm das einzige Glas, das ich aus meinem kleinen Ernteertrag gewonnen hatte, für Helga mitzugeben.

Am nächsten Tag tauchte diese Helga nicht mehr auf. Und auch an den letzten verbleibenden Urlaubstagen wartete mein armer Mann vergeblich auf sie. Er war ein wenig erzürnt, weil er nun niemanden mehr hatte, mit dem er Beachball spielen und am Strand liegen konnte. Auch ich fand ihr Verhalten sehr unhöflich. Ich meine, sie hätte sich ja wenigstens verabschieden können! Insgeheim hatte ich allerdings ein schlechtes Gewissen. Möglicherweise hatte ihr ja meine Marmelade aus den tollen Kirschen nicht geschmeckt?

Aus meiner Sicht war es jedenfalls ein rundum gelungener Urlaub. Ich fahre gerne ans Meer. Dort kann man sich wunderbar erholen.

Versprochen ist versprochen – und wird dann gern gebrochen

Sie möchten wissen, warum ich einen Termin beim Ohrenarzt gemacht habe? Nun, ich werde es Ihnen gern erzählen ...

Es war im letzten Frühjahr. Ein Gewitter mit starkem Hagel hatte die Gräber meiner vier lieben Gatten verwüstet, was mir sehr missfiel. Ich beschloss, in den Baumarkt zu fahren, um in der Gartenabteilung nach neuer Bepflanzung Ausschau zu halten. Gesagt – getan! Gut gelaunt befüllte ich meinen Einkaufswagen mit Sonderangeboten vom Vorjahr und anderen verbilligten Gewächsen, die bei meiner guten Pflege auf dem Friedhof mit Gewissheit zu neuer Pracht erblühen würden. Anschließend bemühte ich mich, die voll beladene Karre in Richtung Kasse zu befördern.

Sie kennen bestimmt aus eigener Erfahrung diese Wagen, deren Rollen beim Schieben ständig klemmen oder gar ganz blockieren? Ausgerechnet einen solchen hatte ich erwischt. Die Mitarbeiter blickten ziemlich böse, als ich mit dem sperrigen Ding trotz aller Vorsicht gegen jedes dritte oder vierte Regal prallte. Einer murmelte etwas, das wie »Weiber sind zu allem zu dämlich« klang, aber da hatte ich mich mit Gewissheit verhört.

Auf jeden Fall fühlte ich mich sehr beschämt und gab mir nach diesen Missgeschicken noch mehr Mühe, ohne weitere Vorkommnisse möglichst schnell den Kassenbereich zu erreichen. Die kleinen Räder hatten sich endlich gelöst; schwungvoll fuhr ich an Schraubensortimenten und Sanitärartikeln vorbei, passierte Bohrmaschinen und Bodenbeläge. Beim Malerbedarf geschah es dann doch: der schöne Fächerahorn, den ich im Kindersitz meines Einkaufswagens deponiert hatte, erschwerte mir bereits die ganze Zeit die Sicht nach vorn, doch jetzt wurde er zum echten Problem, denn seinetwegen bemerkte ich das kunstvolle Bauwerk aus Farbdosen, das mitten im Gang platziert war, erst, als es bereits lautstark und lange knallte - und die ersten von vielen Dosen über den Boden kullerten.

Es war mir schrecklich peinlich! Sicher hatten die freundlichen Mitarbeiter nun viel Arbeit vor sich, die Dosenpyramide ein zweites Mal aufzubauen. Ich wollte ihnen schon meine Hilfe anbieten, als ich den Kunden sah, der mit schmerzverzerrtem Gesicht auf dem Boden saß und sich unter leisem Wimmern den Fuß rieb. Der Mann kam mir irgendwie bekannt vor. Ich grübelte einen Augenblick. Konnte es nach dieser langen Zeit sein? War das tatsächlich …?

»Gregor!«, rief ich erfreut aus, woraufhin sein Jammern sofort verstummte. Er musterte mich mit gerunzelter Stirn.

»Kennen wir uns?«, fragte er zögernd und stand mit Mühe auf.

Ich staunte sehr. Nein, was hatte der Mann sich gut gehalten! Nach all den Jahren war er noch immer groß, dunkelhaarig und schlank. Na, jedenfalls einigermaßen schlank. Das weite Hemd, dessen Karomuster dem meiner besten Geschirrtücher ähnelte, umspielte seine Figur recht gut – und wir Frauen werden mit zunehmendem Alter ja ebenfalls nicht unbedingt schöner. Gregors Haare waren immerhin noch fast so dunkel wie früher. Zumindest die wenigen, die noch da waren. Aber groß war er definitiv geblieben!

»Aber sicher! Wir waren vor einem guten halben Jahrhundert zusammen in der Schule. Ich war die Kleine mit den schrecklichen Schleifen in den Zöpfen, von der du immer die

Deutschhausaufgaben abgeschrieben hast«, regte ich sein Gedächtnis an.

Er strahlte mich an und sagte charmant: »Aber natürlich! Wie konnte ich dich nur nicht sofort erkennen? Du hast dich schließlich kaum verändert.«

Nun, was soll ich sagen? Zur Feier des Wiedersehens trafen wir uns schon am nächsten Tag zum Tee. Und am übernächsten gleich wieder. Am dritten Tag lud er mich in ein sündhaft teures Restaurant ein. Wenig später kaufte ich ihm eine Zahnbürste sowie einen Pyjama und fragte ihn nach seinen Lieblingsspeisen, woraufhin er mir eine zweiseitige Liste diktierte, nach der ich von nun an voller Begeisterung unseren täglichen Speiseplan ausrichtete.

Nach einer weiteren Woche zog er mich in den Arm, küsste mich lange und flüsterte mir ins Ohr:

»Ich bin so froh, dass wir uns wiedergetroffen haben! Eine Frau wie dich habe ich noch nie kennengelernt. Ich überlege allen Ernstes, ob ich mich von Josefine trennen soll. Wir sind schon lange nicht mehr glücklich miteinander. Wenn sie in drei Tagen aus der Kur zurückkommt, werde ich mit ihr reden. Das verspreche ich dir.«

Ich war erstaunt, denn er hatte mir zu Beginn unserer Romanze erzählt, dass er Witwer sei. Auf mein Nachfragen hin schmunzelte er und sagte liebevoll:

»Das hast du falsch verstanden. Ich hatte gesagt, ich sei Strohwitwer! Möglicherweise lässt dein Gehör nach? Geh doch mal zum Ohrenarzt!«

Es ist wirklich eine Last, älter zu werden! Wie war ich erleichtert, dass nicht er, sondern ich die Schuld an diesem kleinen Missverständnis trug. Sollten meine Ohren mir weitere Streiche spielen, würde ich Gregors Anregung wohl oder übel befolgen und einen Arzt aufsuchen müssen!

Es vergingen einige Monate, in denen wir uns deutlich seltener sahen. Doch bei jeder unserer Begegnungen versprach Gregor mir erneut, schnellstmöglich die Gelegenheit zu suchen, mit Josefine zu reden.

»Sobald ihre Grippe auskuriert ist!«, »Wenn die Sehnenscheidenentzündung abgeklungen ist!«, »Gib mir noch bis morgen. Dann hat sie sich bestimmt von der Magenspiegelung erholt.«

Und schließlich: »Wenn der Gips ab ist und sie wieder laufen kann.«

Man müsste ja ein Unmensch sein, um in solchen Situationen kein Verständnis aufzubringen! Frohgemut schickte ich mich an, mein Haus und insbesondere mein Badezimmer ein wenig zu verschönern, um diesem wunderbaren Mann ein Heim zu schaffen, in dem er sich zukünftig wohlfühlen würde. Josefines Achillessehne sollte in zwei bis drei Wochen wie neu sein, und spätestens ab diesem Zeitpunkt würden Gregors ungenutzter Pyjama sowie sein verwaister Rasierer täglich zum Einsatz kommen. Ich konnte es kaum erwarten!

Erneut zog ich durch den Baumarkt, denn dort hatte ich bereits beim letzten Besuch mit den hübschen Toilettendeckeln geliebäugelt, die in großer Zahl mehrreihig an einer Wand im Sanitärbereich zur Schau gestellt wurden. Hinter den Ausstellungsstücken befanden sich die entsprechenden, in Kartons verpackten Produkte, die man mit zur Kasse nehmen konnte. Ausgerechnet im obersten der sechs Regale hing genau der meerblaue Musterdeckel mit dem Fischmotiv, der aus meiner Sicht am besten in mein Badezimmer passte. Unmittelbar gegenüber hatte man eine kunstvolle Mauer aus Schachteln aufgestapelt, die laut Abbildung hochwertige Wasserhähne enthielten.

Zu meinem Leidwesen entdeckte ich keinen Mitarbeiter, der mir zur Hand gehen konnte. Seufzend erklomm ich selbst die sechs Stufen der bereitgestellten, fahrbaren Leiter, um an den Karton zu gelangen, der mein künftiges Badaccessoire enthielt. Als ich oben auf der Plattform angekommen war, hörte ich unter mir eine wohlbekannte Stimme. Ich riskierte einen Blick in die Tiefe. Nein, ich hatte mich nicht geirrt, es war tatsächlich Gregor, der am Fuß der Leiter aufgetaucht war, gefolgt von einer sehr gepflegten Dame, die auf ziemlich hohen Absätzen hinter ihm her stöckelte. Somit konnte es sich auf keinen Fall um Josefine handeln, denn die hatte ja zurzeit das leidige Gipsbein.

»Was hältst du davon, wenn wir nicht nur die Küche, sondern auch gleichzeitig unser Bad sanieren lassen, Finchen?«, sprach Gregor auf seine Begleiterin ein. »Die Kinder und Enkel haben absolut recht: unsere Goldhochzeit im nächsten Jahr ist wirklich Anlass genug, uns mal was zu gönnen. Die Kreuzfahrt um Mittelamerika herum ist zwar wunderbar, doch häuslicher Luxus ist auch nicht zu verachten, oder? Wir ...«

Mehr hörte ich leider nicht, da mir plötzlich sehr schwindelig wurde. Halt suchend klammerte ich mich an den Toilettendeckel neben mir, doch dieser war offenbar unfachmännisch aufgehängt worden, denn er gab sofort nach und glitt mir aus den Händen.

Unter mir polterte es lang und anhaltend. Der schwere Deckel war unglücklicherweise genau auf Gregors Kopf gelandet und hatte den armen Mann zu Fall gebracht. Beim Sturz musste der Gute auch noch an die Wasserhähne gestoßen sein, denn diese purzelten in einer nicht enden wollenden Kaskade auf ihn herab.

In dem nun folgenden Tumult bemerkte niemand, dass ich zunächst die Leiter und anschließend den Baumarkt verließ. Doch als ich wieder zu Hause war, habe ich sofort zum Telefon gegriffen und einen Termin beim Ohrenarzt gemacht. Gregor hatte wirklich recht: Das Schwindelgefühl und mein schlechtes Gehör müssen dringend untersucht werden!

Aller guten Dinge sind vier

Sie möchten wissen, woher die geschmackvolle Bodenvase stammt? Nun, ich werde es Ihnen gern erzählen ...

Wissen Sie, bis vor rund zehn Jahren war ich ja noch sehr glücklich verheiratet. Mein vierter und bisher letzter Ehemann überraschte mich eines Tages freudestrahlend mit dem Kauf eines voluminösen Sessels, der zukünftig der Entspannung dienen sollte. Also, der Entspannung meines Gatten natürlich, ich selbst benötigte schließlich keine, da mein Leben aus seiner Sicht ein einziger Quell der Erholung war, wie der Mann an meiner Seite nicht müde wurde zu betonen.

»Vollautomatisch! Stufenlos verstellbar, mit Massagefunktion sowie beheizbarer Sitzfläche und Rückenlehne. Du weißt ja, dass ich es im Kreuz habe.«

Dieser Umstand war mir bekannt, denn mein Mann sprach von kaum etwas anderem, seit er endlich seine wohlverdiente Pensionierung erreicht hatte. Vom Aufstehen an bis zum

Zubettgehen litt er abwechselnd unter schwersten Beschwerden am Ischiasnerv, einem unerträglichen Hexenschuss, dem grausam verspannten Nacken oder unmenschlichen Rückenschmerzen, die ganz sicher auf Bandscheibenvorfälle zurückzuführen wären und ihn vermutlich über kurz oder lang in den Rollstuhl zwingen würden.

All dieses Leid konnte ihn jedoch nicht davon abhalten, den lieben langen Tag mit gequältem Gesichtsausdruck hinter mir herzulaufen und unter gelegentlichem Seufzen meine Arbeit zu kontrollieren.

Zugegeben, manchmal habe ich mir gewünscht, er hätte ein interessantes Hobby, das ihn ein wenig von seiner selbstauferlegten Aufgabe ablenkte. Briefmarken sammeln beispielsweise. Oder Sudoku. Meinetwegen auch Kreuzworträtsel, irgendetwas eben, das ihn beschäftigte.

Doch seine Liebe zu mir war so groß, dass es ihm ein Bedürfnis war, sich stets in meiner Nähe aufzuhalten und mir kluge Ratschläge zu geben, wie ich all das, was ich bislang ohne seine Hilfe durchaus zufriedenstellend gemeistert hatte, verbessern könnte. Ich gebe es nur ungern zu, aber hin und wieder war ich ein bisschen entnervt. Schließlich wusste ich schon seit Jahrzehnten, wie man Kartoffeln schält. Auch unsere Fenster waren immer sauber gewesen, bevor er die Altpapiertonne geplündert und mich angewiesen hatte, zukünftig Zeitungen zum Polieren der Scheiben zu verwenden.

Aus diesem Grund war ich über den Kauf des Sessels sehr erfreut, obwohl er dunkelbraun war, eine Farbe, die einfach nicht zur restlichen Einrichtung passte, und so viel Platz wegnahm, dass meine Orchideensammlung, der Flickkorb und mein Heimtrainer aus dem Wohnzimmer verbannt werden mussten. Doch fortan hatte ich wenigstens nach dem Mittagessen ein wenig Zeit für mich, da mein Angetrauter anschließend gut gesättigt zwei Stündchen bis zum Kaffee und dem täglich wechselnden Kuchenstück zu schlummern pflegte, während sein dunkelbrauner Neuerwerb vollautomatisch den geschundenen Rücken massierte. Hin und wieder nutzte ich die freie Zeit, um Besorgungen zu erledigen, um die mein Mann mich in freundlichem Ton gebeten hatte.

So auch an dem Tag, der sein letzter werden sollte. Was ich natürlich nicht ahnen konnte, ansonsten hätte ich seiner Bitte: »Geh mal einen Kasten Bier holen! Aber vergiss bloß nicht wieder, das Leergut mitzunehmen!« nicht sofort Folge geleistet, sondern wäre bei ihm geblieben. Dann wäre wahrscheinlich alles anders gekommen, und mein Mann hätte mir noch das sinnvolle Befüllen einer Spülmaschine beibringen können - ein Ziel, das er nun nicht mehr erreichen konnte.

In meiner Ahnungslosigkeit machte ich mich frohgemut zu Fuß auf den weiten Weg zum Getränkemarkt, da der nahegelegene Lebensmittelladen zwar sieben verschiedene Biersorten führte, jedoch ausgerechnet nicht die, die mein Mann bevorzugte. Ich ließ mir viel Zeit, denn ich wähnte ihn gut aufgehoben in Morpheus Armen, wohlig gewärmt von der Heizung des Sessels, die ich der Herbstkälte wegen in meiner immerwährenden Fürsorge eingeschaltet hatte.

Nun, er muss tatsächlich tief und fest geschlafen haben. So tief und fest, dass er nicht bemerkte, wie die Heizung durchbrannte. Die Ärzte aus der Pathologie behaupteten jedenfalls, noch nie solch großflächige Brandverletzungen auf menschlicher Haut gesehen zu haben, die von einem Sessel stammten. Ich kann das nicht beurteilen, da ich zu wenig von Technik verstehe.

Hätte ich doch nur ein anderes Bier im Geschäft um die Ecke gekauft! Mein Eifer, den Durst meines Gatten zu löschen, wurde ebendiesem zum Verhängnis, denn unglücklicherweise kam ich erst wieder nach Hause, als seine Kleidung bereits Feuer gefangen hatte. Später musste ich dann feststellen, dass er nach dem Mittagessen seine Schlaftabletten anstelle der Blutdrucktabletten genommen hatte. Die Dinger sahen sich aber auch zu ähnlich! Ich habe es niemandem erzählt, auch nicht die Tatsache, dass der technische Defekt des Sessels durch das Messer bedingt gewesen sein könnte, mit dem ich am Vormittag die ganzen Ritzen gereinigt hatte. Im Gegensatz zu den jungen Frauen von heute, die nicht mehr so akribisch putzen, bin ich noch so erzogen worden, sehr korrekt zu arbeiten.

»Nur, weil man den Dreck nicht sehen kann, heißt es ja nicht, dass er nicht da ist«, pflegte meine Mutter zu sagen, und diesen Satz habe ich tief verinnerlicht. Tatsächlich war ich beim wöchentlichen Großreinemachen des Sessels mit dem Messer auf einen Widerstand gestoßen und hatte sicherheitshalber so lange gestochert, bis er nachgegeben hatte. Der Gutachter wollte sich nicht eindeutig festlegen, ob das Kabel zerschnitten oder durchgeschmort war, hielt zu meiner Erleichterung menschliches Versagen allerdings für eher unwahrscheinlich.

Auf jeden Fall war ich wirklich sehr betroffen! Der Sessel, die Hose, das Hemd, alles war irreparabel zerstört. Selbst die gute Feinrippunterwäsche hatte den Brand nicht überstanden, was mich dann doch gewundert hat, denn die war kochfest, da sollte sie hohe Temperaturen aushalten! Ich habe sehr heftig weinen müssen, und wirklich alle, egal ob Notarzt, Sanitäter oder Polizisten, haben sich verständnisvoll gezeigt.

Später hat mir der Leiter des Möbelhauses eine richtig große Freude bereitet. Man hört ja immer, es sei nahezu unmöglich, Reklamationen nach Ablauf der Garantiezeit durchzusetzen. In diesem Fall kann ich solche Vorurteile jedoch absolut nicht bestätigen. Der neue Sessel hat mich keinen Cent Zuzahlung gekostet. In Grau in meinem Schlafzimmer stehend gefällt er mir auch viel besser. Und die hübsche Bodenvase, die man mir als kleines Zeichen der Anteilnahme schenkte, macht sich wirklich gut vor dem Terrassenfenster, nicht wahr?

Stille Nacht, eilige Nacht

Sie möchten wissen, warum ich keine Wildgerichte mag? Nun, ich werde es Ihnen gern erzählen …

Es muss irgendwann in den Siebzigern gewesen sein. Wieder einmal stand das Weihnachtsfest vor der Tür, dem ich mit gespannter Erwartung entgegenblickte. Schließlich wusste ich noch aus den Vorjahren, wie viel Mühe sich mein wundervoller Ehemann mit der Auswahl der Geschenke gab, die er mir am Heiligen Abend überreichte.

So wickelte ich beispielsweise Jahr für Jahr zu meiner allergrößten Überraschung das neueste Werk eines bekannten Autors aus dem dekorativen Papier, in das die Mitarbeiterinnen der Buchhandlung es zuvor routiniert eingeschlagen hatten. Eine fantastische Idee, wenn Sie mich fragen, denn auch wenn ich schon den ersten Band nach einigen Seiten weggelegt hatte, da mir weder der Inhalt noch der Schreibstil zusagten, so war doch zumindest für meinen Mann, der für die Bücher dieses

Schriftstellers geradezu schwärmte, die allabendliche Bettlektüre gesichert.

Auch über den Standmixer, den Nass- und Trockensauger sowie das elektrische Messer hatte ich mich sehr gefreut. Lediglich die Bohrmaschine, zu der ich als Dreingabe noch ein Sortiment bunter Dübel erhielt, hatte mich ein wenig verhalten lächeln lassen. Aber mein aufmerksamer Gatte hatte sofort bemerkt, dass ich dieses liebevoll gemeinte Geschenk nicht wirklich zu nutzen wusste. Er hatte es umgetauscht und mir voller Stolz vier Tage später ein gar zauberhaftes Set verschiedenster Schraubendreher als Ersatz für seinen Fauxpas präsentiert. Da soll nochmal jemand behaupten, Männer seien nicht sensibel!

Nun, auf jeden Fall war ich schon am Morgen des 24. Dezember aufgeregt wie ein kleines Kind, während mein Gatte und ich zur Einstimmung gemeinsam den Tannenbaum aufstellten und schmückten. Mein Liebster hatte sich in den Sessel am Fenster gesetzt, von dem aus er am besten beurteilen konnte, ob der Baum auch gerade stand. Es war nicht einfach für mich, das deckenhohe, piksende Monstrum zu halten und gleichzeitig die Schrauben des Ständers festzudrehen. Dank der emsigen, männlichen Unterstützung - »Noch ein Stück nach links! Nein, das war zu viel, muss man denn alles allein machen?« - gelang es mir am Ende ohne größere Probleme, die prachtvolle Tanne kerzengerade zu positionieren.

Ich war sehr stolz auf mich. Im vergangenen Jahr war mir der Baum gleich drei Mal umgekippt. In diesem Jahr war ich weitaus geschickter – es gab nur einen einzigen Sturz, bei dem die Baumspitze lediglich die Lesebrille meines Gatten vom Regal fegte. Als ich diese aufhob war ich sehr erleichtert. Nur das linke Glas war zerbrochen. Mit dem rechten Auge würde er also ungehindert weiterlesen können.

Nachdem ich endlich die Kerzen, das Lametta und meine selbst gehäkelten Engelchen in der Tanne verteilt hatte, wurde es höchste Zeit für mich, in die Küche zu gehen. Schließlich erwarteten wir am Abend Gäste, die ich mit einem Festmahl verwöhnen wollte. Der Hirschbraten, den mein Mann gestern vom Förster höchstpersönlich mitgebracht hatte, war zwar nur für die drei Herren gedacht, denn er war sehr teuer gewesen. Allerdings sollten auch die Damen nach Ansicht meines Gatten auf keinen Fall zu kurz kommen. Aus diesem Grund hatte er gleich zwei Dosen Gulasch gekauft, die gerade im Angebot des Supermarktes waren. Viel zu viel, wenn Sie mich fragen! Der Inhalt einer Dose hätte nun wirklich ausgereicht, um Agathe, Christel und mich zu sättigen.

Wenige Stunden später war es endlich so weit. Unterstützt von Heintjes glockenheller Stimme sangen Christel und Hans, Agathe und Freddy sowie mein Gatte und ich voller Inbrunst ein Weihnachtslied. Trotz meiner Ergriffenheit schielte ich immer wieder neugierig auf den mit Geschenken gefüllten Korb, den mein Liebster zuvor mit geheimnisvoller Miene auf dem Sofa abgestellt hatte. Den Umrissen der Verpackungen nach enthielt er ein paar Flaschen vermutlich besten Weines sowie diverse Päckchen, in denen ich Leberpastete, Dosen mit Trüffel, Kaviar und Pralinen vermutete – also all das, was er gerne aß und trank, sich aus Gründen der Sparsamkeit jedoch nie gönnte.

Wie sehr ich mich in meinem Mann doch täuschte! Beim Auspacken leistete ich im Stillen Abbitte für diese bösen Gedanken, denn er hatte mit der Wahl seiner Geschenke wirklich nur an mich gedacht. Voller Verzückung betrachtete ich eine erlesene Auswahl der verschiedensten Reinigungsmittel: Essigreiniger, Silberpolitur, Fettlöser, Waschpulver – sogar an neue

Staubtücher und Schuhcreme in verschiedensten Farben hatte er gedacht. Ich fiel ihm voller aufrichtiger Dankbarkeit um den Hals und blickte ein wenig mitleidig auf Agathe, die nur ein winziges Päckchen von ihrem Freddy bekommen hatte. Gut, es enthielt eine Goldkette, aber der Anhänger, ein lupenreiner Diamant, war meiner Meinung nach einfach zu groß für ihren schmalen Hals!

Kurz darauf saßen wir einträchtig am Tisch und schwelgten in Köstlichkeiten, die man sich nur zu solch festlichen Gelegenheiten gönnt. Christel, die für ihre delikaten Fleischsaucen bekannt war, hatte noch schnell eine solche zum Hirschbraten gezaubert, während Agathe ein Dressing angerührt hatte, das aus dem schlichten Kopfsalat einen Genuss für die Sinne machen sollte. Ich kochte zwar auch nicht schlecht, hatte in diesem Fall aber neidlos meinen Freundinnen die Küche überlassen. Während ich ihnen staunend zugesehen hatte, war ich froh gewesen, wenigstens die Zutaten beisteuern zu können. Die jedoch waren von bester Qualität, denn zur Feier des Tages hatte ich sie nicht, wie sonst, im normalen Laden, sondern in der Apotheke eingekauft, die neuerdings offenbar auch Lebensmittel führte.

Nicht viele – eigentlich nur dieses Glaubersalz, das sicher gesünder war als das herkömmliche. Und ein mir unbekanntes Öl. Bisher waren mir nur Sonnenblumen-, Distel-, Oliven- und Rapsöl geläufig. Als ich freilich das neue Rizinusöl im Regal stehen sah, griff ich sofort zu. An Weihnachten darf man ruhig etwas tiefer in die Tasche greifen! Agathe und Christel lobten mich jedenfalls sehr – und machten reichlich Gebrauch von den erlesenen Zutaten, denn auch sie verwöhnen ihre Gatten nur zu gern.

Wir Frauen begnügten uns mit dem vorzüglichen Gulasch, zu dem ich Nudeln reichte. Da weder meine Freundinnen noch ich gerne Salat aßen, verzichteten wir auf das Gemüse, was uns nicht weiter schwerfiel, denn der Nachtisch, Vanilleeis mit heißen Kirschen, deckte schließlich unseren Vitaminbedarf.

Nach dem Essen saßen wir in zwei gemütlichen Runden zusammen und plauderten. Agathe strich immer wieder verträumt über ihren Hals, Christel blätterte verzückt in ihrem Diätkochbuch, und ich freute mich auf den Moment, an dem ich endlich mein gutes Silberbesteck würde polieren können.

Hans, Freddy und mein Angetrauter spielten Skat. Nach etwa einer Stunde warf Freddy zum allgemeinen Erstaunen die Karten auf den Tisch und stand mit gequältem Gesichtsausdruck auf. Ein wenig blass um die Nase presste er hervor:

»Ich muss mal kurz …Bauchschmerzen … bin gleich wieder da!«

Dann stürmte er aus dem Zimmer. Unmittelbar nach ihm sprang auch Hans auf, dessen Wangen ebenfalls eine ungesunde Farbe angenommen hatte.

»Kann ich mal eben euer Bad benutzen?«

Er wartete die Antwort nicht ab, sondern rannte die Treppe hinauf, dicht gefolgt von meinem Mann, der ihn am Hemdsärmel festzuhalten versuchte und ständig: »Warte! Ich zuerst!« schrie. An der Schwelle des Badezimmers entstand eine kurze Rangelei. Doch da Agathe irgendwann energisch die Tür des Wohnzimmers schloss, erfuhren wir nicht, wer den Sieg davongetragen hatte.

Christel schüttelte verständnislos ihren Kopf. »Ich wüsste ja mal gerne, warum die es auf einmal so eilig haben.«

»Ich auch«, bekannte ich und zermarterte mir den Kopf, ob ich vielleicht das Fleisch falsch gelagert hatte. Da mich das Poltern und Stöhnen, das gedämpft durch die Türe drang, ein wenig störte, stellte ich den Plattenspieler lauter.

Nachdem unsere Männer verschwunden waren, hatten wir Heintje in den Schrank verbannt und Musik gewählt, die uns Frauen besser gefiel.

Es wurde ein langer, gemütlicher Abend zu dritt. Seitdem bin ich Wildgerichten gegenüber allerdings ein wenig misstrauisch. Man ist schließlich nie sicher, woher das Fleisch kommt. Nein, da bleibe ich lieber bei den altbewährten Dosen. Da weiß man doch wenigstens, was man hat!

Erst Tango, dann Fango

Sie möchten wissen, warum dort auf dem Tisch der alte Atlas liegt? Nun, ich werde es Ihnen gern erzählen ...

Vor etwa drei Monaten war ich gerade damit beschäftigt, ein am Vortag besticktes Deckchen auf dem kleinen Glastisch zu dekorieren, der neben dem Sofa steht. Auf einmal schlurfte Erna, meine langjährige Putzhilfe, mit gesenktem Kopf ins Wohnzimmer. Ich war verwundert, denn eigentlich wähnte ich sie im Gästezimmer, wo sie die bodenlangen Übergardinen aus schwerem Brokatstoff abhängen sollte, die dringend einer Wäsche bedurften.

»Was ist los, Erna?«, fragte ich bestürzt, denn ich sah mich schon selbst dieser anstrengenden Aufgabe ausgesetzt. »Sind Sie von der Leiter gefallen?«

»Natürlich nicht«, wehrte sie entrüstet ab, »die Gardinen sind längst in der Maschine, die Fenster sind geputzt, die antike Vitrine ausgewaschen, und den Kristallleuchter habe ich auch gleich mit gesäubert.«

Sie war wirklich eine umsichtige Person!

»Was haben Sie denn dann auf dem Herzen? Reicht die Möbelpolitur nicht aus? Benötigen Sie neue Lappen? Oder einen frischen Staubsaugerbeutel?«

»Nein. Das ist es nicht. Aber …«

»Aber was? Wo drückt der Schuh? Ich sehe Ihnen doch an, dass Sie etwas bedrückt! Nur heraus mit der Sprache: Möchten Sie eine Gehaltserhöhung? Ich könnte Ihnen fünfzig Cent pro Stunde mehr bezahlen.«

»Das ist sehr lieb von Ihnen! Danke, ich bin mit den sechs Euro vollkommen zufrieden«, antwortete sie zu meiner Erleichterung. Die währte jedoch nicht lange.

»Mein Mann will mit mir in den Urlaub fahren.«

Endlich war es heraus. Ich schnappte entsetzt nach Luft. Für einen Moment fehlten mir die Worte. Zehn Jahre lang hatte sie Woche für Woche dafür gesorgt, dass ich ein wenig Entlastung hatte – und nun das!

»Aber warum?«, stammelte ich. »Und wohin? Wie lange? Schaffen Sie es denn vorher noch, die Küchenschränke auszuwaschen?«

»Keine Sorge«, beruhigte sie mich, »ich werde auch noch den Keller aufräumen und die Büsche im Garten schneiden. Die Reise ist erst in zwei Monaten geplant. Mein Mann ist der Meinung, unsere Goldhochzeit sei Grund genug, mal wegzufahren. Er will für vier Wochen nach Bali, weil es dort angeblich Tempel und Vulkane gibt, die er unbedingt sehen will.«

Vier Wochen! Ich war zutiefst erschüttert. Doch wenn ihr Mann es beschlossen hatte, durfte Erna ihm natürlich nicht widersprechen. Auch wenn ein Wochenende im Schwarzwald aus meiner Sicht vielleicht auch gereicht hätte.

Gut, dass ihr noch zwei Monate Zeit blieben. Da würde sie es sicher noch schaffen, meine Garage zu entrümpeln und mein Auto zu polieren. Wenn sie dann noch alle Teppiche gereinigt hätte, sollte es mir irgendwie gelingen, diese vier langen Wochen zu überbrücken. Auch wenn es mir vor dieser Zeit schon jetzt graute!

Aufmunternd klopfte ich ihr auf die Schulter.

»Das wird schon, Erna! Ihr Mann ist ja mit knapp Achtzig auch nicht mehr der Jüngste, wenn er denn unbedingt Tapetenwechsel braucht, sollten Sie vielleicht keine weiteren zehn Jahre mehr warten! Wie geht es ihm überhaupt?«

»Blendend«, strahlte sie. »Das Infarktrisiko ist gesunken, denn die Blutdrucktabletten helfen, und auch die Herzrhythmusstörungen haben deutlich nachgelassen. Die Gicht bekämpft er ebenfalls erfolgreich, indem er konsequent auf Alkohol verzichtet und fast kein Fleisch mehr isst. Der Arzt hat gesagt, wenn er jetzt noch ein wenig abnimmt, könne er hundert Jahre alt werden.«

»Das ist ja fantastisch«, freute ich mich, »unternimmt er denn auch etwas gegen das Übergewicht?«

Sie errötete. Dann fing sie an zu kichern.

»Wir besuchen seit neuestem dienstags einen Tanzkurs«, bekannte sie verschämt, »und gehen jeden Sonntag zum Seniorentanztee. Hach - Langsamer Walzer und Slowfox … das Tanzen macht mehr Spaß, als ich dachte. Dadurch hat Alfons ein bisschen Bewegung, wobei er es langsam und vorsichtig angehen lassen soll, damit sein Herz nicht zu sehr belastet wird. Aber genug geplaudert, jetzt muss ich dringend weiterarbeiten. Ich will nämlich noch schnell die Kisten auf dem Dachboden umstapeln, damit ich dort mal wischen kann.«

Nachdenklich entfernte ich ein welkes Blatt von meiner Lieblingsorchidee. Erna hatte unwissentlich einen wunden Punkt getroffen. Früher, vor meiner ersten Ehe, war ich nämlich eine begeisterte Tänzerin gewesen. Kein Parkett war vor mir und meinem damaligen Partner sicher gewesen. Unsere Tango-Darbietung war sehenswert, und auch beim Rock 'n Roll hatten wir oft genug die Tanzfläche für uns allein, weil die anderen uns lieber zusahen, um von unseren waghalsigen Schritt- und Sprungkombinationen zu lernen. Selbstverständlich hatte ich dieses Vergnügen nach meiner Hochzeit sofort eingestellt, um nur noch für meinen Gatten da zu sein, wie es sich für eine Frau gehört. Jetzt empfand ich es auf einmal als bedauerlich, dass ich so viele Jahre darauf verzichtet hatte.

Sechs Wochen später rückte Ernas Urlaub immer näher, jedoch hatte sie bisher weder meine Garage aufgeräumt noch die Büsche beschnitten. Mir selbst fehlte dazu die Zeit, denn ich verbrachte meine Nachmittage, vom Dienstag abgesehen, inzwischen in der Tanzschule, wo ich zwar keinen Rock 'n Roll, doch immerhin Wiener Walzer, Rumba und Foxtrott übte. Auch die ersten Tangoschritte hatten wir in unserem Single-Tanzkurs bereits gewagt, wenn auch in einem ruhigeren Tempo als vor nahezu einem halben Jahrhundert. Somit war ich bestens in Form, als ich mich am Sonntag erstmalig in das Getümmel des allwöchentlichen

Höhepunktes stürzte, dem mein gesamter Kurs entgegenfieberte: dem Seniorentanztee, bei dem der Schilderung unserer Lehrerin nach nicht nur zur wohlklingenden Musik getanzt wurde, die vier Musiker live präsentierten. Daneben wurde angeblich auch den gehaltvollen Getränken reichlich zugesprochen, sodass immer eine recht fidele Stimmung zu erwarten war.

Als ich Erna erblickte, die neben einem rotgesichtigen Mann an der Bar stand, der an einem Glas Wasser nippte, ging ich auf sie zu, um sie zu begrüßen. Natürlich war ich auch neugierig auf ihren Gatten, von dem sie mir ja bereits so viel erzählt hatte.

»Sie müssen Alfons sein«, sagte ich erfreut und umarmte ihn wie einen langjährigen Freund, »wie schön, dass wir uns endlich kennenlernen! Darauf sollten wir anstoßen!«

Bei der Bedienung bestellte ich ein Gläschen Sekt, drückte es Alfons in die Hand und prostete ihm mit meinem Saftglas zu.

»Ich darf ja leider nicht, meine Migräne, wissen Sie?«, erklärte ich ihm vertraulich. Er nickte verständnisvoll und leerte sein Glas in einem Zug. Schnell orderte ich einen weiteren Sekt und raunte ihm zu: »Sie müssen mir unbedingt ein Tänzchen reservieren, denn Erna schwärmt immer wieder davon, welch begnadeter Tänzer Sie sind.«

Er lächelte geschmeichelt. »Jetzt sofort?«, fragte er, denn die Band hatte gerade begonnen, eine langsame Rumba zu intonieren.

»Aber ich bitte Sie! Diese schweren Schritte kann ich nicht. Ich bin doch noch Anfängerin«, erwiderte ich und schlug schüchtern die Augen nieder. »Darf ich Sie auffordern, wenn die zu meinen bescheidenen Kenntnissen passende Musik gespielt wird? Ich würde so gerne mal mit einem Mann tanzen, der es wirklich gut kann!«

Die Röte in seinem Gesicht wurde eine Spur intensiver.

Er tätschelte gönnerhaft meinen Arm. »Selbstverständlich dürfen Sie das. Von mir können Sie sicher viel lernen. Ich kann jeden Tanz, denn ich bin der Beste im Kurs, wissen Sie?«, prahlte er.

»Das dachte ich mir! Darauf trinken wir noch einen«, begeisterte ich mich und gab der Bedienung einen Wink.

Nachdem Alfons auch das dritte Glas geleert hatte, begab ich mich zu der Band und bat um einen flotten Tango. Die Musiker freuten sich sehr über meinen Wunsch. Kurz darauf befanden Alfons und ich uns auf der Tanzfläche, die wir fast für uns allein hatten. Da ich zu Hause vor dem Spiegel fleißig geübt hatte, fiel es mir nicht schwer, mich in seine starken Arme zu schmiegen und ihn über das Parkett zu schieben.

»Sie machen das wahnsinnig gut«, hauchte ich ihm in der Mitte des Liedes ins Ohr, woraufhin er seine beginnende Atemnot ignorierte und noch ein wenig forscher tanzte. Als die fleißigen Bandmitglieder ihr glanzvolles Crescendo erreichten, sank er vor mir auf den Boden, was ich als Zeichen seiner Bewunderung empfand. Ein Gentleman der alten Schule halt!

Erna, die ewig Besorgte, meinte jedoch, den Notarzt rufen zu müssen, als er einfach nicht mehr aufstehen wollte. Aus meiner Sicht eine unüberlegte Entscheidung, denn so lag ihr Alfons noch in der Herzklinik, als die beiden eigentlich im Flugzeug nach Bali sitzen wollten. Allzu schlimm kann der Infarkt allerdings nicht gewesen sein. Und auch der plötzliche Gichtschub hat sich schnell gebessert. Denn zwei Wochen später, bevor Erna in den Garten ging, um endlich die Büsche zu beschneiden, während ich ein neues Deckchen bestickte, erzählte sie mir voller Freude, dass ihr Mann sicherheitshalber vom Arzt zur Kur nach Baltrum geschickt worden war.

»Ist ja auch eine Insel! Alfons fühlt sich sehr wohl dort. Er sagt, es sei kaum ein Unterschied zu Bali, denn die Fangopackungen bestehen schließlich aus Vulkanerde, und die Kirchen sind angeblich so hübsch, dass sie jeden indonesischen Tempel übertreffen. Ich bin ganz froh, dass ich zu Hause bleiben konnte. Jetzt kann ich in aller Ruhe Ihre Garage entrümpeln. Und anstelle unserer Goldhochzeit feiern wir in fünf Jahren einfach die Juwelenhochzeit. Oder in zehn die Diamantene Hochzeit. Sie sehen, es warten noch unzählige Gelegenheiten auf uns!«

Gerührt nahm ich sie kurz in den Arm und beschloss, den Stundenlohn auch gegen ihren Willen um zwanzig Cent zu erhöhen. Wenn sie schon nicht wegfahren konnte, sollte sie sich auch mal etwas Schönes gönnen!

Jetzt ahnen Sie vielleicht, warum der Atlas dort liegt. Ich habe neulich mal nachgesehen, wo sich dieses Bali überhaupt befindet. Ein paar Tage Urlaub fände auch ich nämlich nicht schlecht, denn nach der ganzen Aufregung der letzten Monate fühle ich mich durchaus ein wenig erholungsbedürftig. Doch was soll ich sagen, ich war bitter enttäuscht! Als ich die Insel endlich auf der Landkarte gefunden hatte, las ich nur solch unaussprechliche Namen wie

»Klunkung«, »Buleleng« oder »Pura Tanah Lot«, aber dafür muss ich nun wirklich nicht die Strapazen einer Flugreise auf mich nehmen! Auch die Kosten kann ich weitaus geringer halten. Drei Straßen weiter, im asiatischen Restaurant, gibt es jede Menge »Chop Suey«, »Babi Pangang« und »Zhou Pao« am Buffet. Das klingt ähnlich, und ich zahle lediglich einen günstigen Festpreis für diesen Genuss. Außerdem kann ich bis dorthin ohne Probleme laufen!

.

Epilog

Nun bin ich aber ein wenig erleichtert, dass Sie für heute keine weiteren Fragen mehr haben! Schließlich bin ich es nicht gewohnt, so lange und ausführlich zu berichten. Und ich hätte ja niemals gedacht, dass es offenbar doch recht viel zu erzählen gab. Na ja, so ein Menschleben ist lang, und es wäre traurig, wenn man im Alter kaum schönen Erinnerungen hätte, nicht wahr?

Auf jeden Fall hat es mir unglaublich viel Freude bereitet, mit Ihnen über all die kleinen Anekdoten aus meiner Vergangenheit zu plaudern.

Lassen Sie uns nun gemeinsam mit Ihrem mitgebrachten Likör auf dieses erste Interview meines Lebens anstoßen! Der Inhalt der Flasche sieht appetitlich aus, so cremig und leicht. Und wie er duftet, – darf ich raten? Ihre selbstgemachte Komposition ist eine Mischung aus Nuss und Marzipan, habe ich Recht?

Ach ja, Sie müssen ja noch fahren, und deswegen bleiben Sie lieber beim Wasser. Das halte ich für sehr verantwortungsbewusst. Ich denke, es stört Sie nicht, wenn ich mir dennoch ein Gläschen genehmige. Oh - dieser Likör schmeckt vorzüglich, ich werde mir gleich noch ein zweites Glas einschenken.

Im Übrigen hoffe ich, dass ich Sie mit meinen Geschichten nicht zu sehr gelangweilt habe. Journalisten werden ja täglich mit wirklich brisanten Themen konfrontiert, dagegen muss der Alltag einer durchschnittlichen deutschen Frau auf jemanden wie Sie doch unspektakulär, ja beinahe langweilig wirken. In diesem Zusammenhang fällt mir auf, dass Sie mir noch gar nicht verraten haben, für welchen Zeitschrift Sie arbeiten? Und Ihren Presseausweis haben Sie mir ebenfalls noch nicht gezeigt!

Einen Moment! Was sagten Sie gerade? Ich habe Sie nicht verstanden, weil mir plötzlich ein wenig schwindelig wurde. Der kleine Anfall geht gewiss bald wieder vorüber, ich lege mich mal für einen Augenblick aufs Sofa.

Ach - Sie sind gar nicht von der Presse? Aber wer sind Sie dann? Aus welchem Grund haben Sie mir all diese Fragen gestellt? Und wieso werde ich auf einmal so unglaublich müde? Meine Augenlider sind so schwer, ich kann die Augen kaum noch offenhalten. Alles um mich herum beginnt, sich zu drehen.

Es fehlte noch, dass ich plötzlich krank werde!

Meine Liebe, ich möchte Sie bitten, jetzt zu gehen, denn ich muss dringend ruhen. Das Gespräch mit Ihnen war offenbar zu anstrengend für mich.

Zu meinem Bedauern kann ich Sie nicht einmal zur Haustür begleiten, auch wenn es unhöflich sein mag. Meine Beine fühlen sich fremd an, als ob sie nicht mehr richtig zu mir gehörten.

Auf Wiedersehen, Frau ... was sagten Sie gerade, wer Sie sind? Die Tochter von Gregor und Josefine? Aber warum haben Sie das denn nicht gleich gesagt, ich hätte doch Grüße ausgerichtet!

Und wieso lächeln Sie mich jetzt so zufrieden an?

Ach, eigentlich ist mir inzwischen alles egal. Ich möchte schlafen. Einfach nur schlafen. Diese ganze Situation kommt mir vor wie ein sehr, sehr merkwürdiger Traum ...

Danke

Tausend Dank an all die Helferlein, die mir auf unterschiedliche Weise mit Rat und Tat bei der Veröffentlichung meiner «Omi»-Geschichten zur Seite standen.

Ohne Eure konstruktive Kritik, Eure stete Ermutigung und Eure offenen Ohren schlummerte die alte Dame vermutlich noch ein wenig länger auf meinem Rechner.

Corinna, Doro, Olli, Peter und Walter – ich hoffe, ich darf auch weiterhin auf Euch zählen!

Ein riesiges Dankeschön geht auch an Sie, liebe Leserin und lieber Leser, denn ohne Ihr Interesse und Ihr Vergnügen an dem, was ich in die Tasten tippe, macht das Schreiben nur halb so viel Spaß.

Meine literarische »Omi« und jede andere Person in diesem Buch sind selbstverständlich frei erfunden. Ähnlichkeiten mit lebenden Personen sind zufällig und nicht beabsichtigt.

Über die Autorin

Iris Lieser, Jahrgang 1965, besuchte nach dem Abitur die Schule für medizinisch-technische Assistenten. Nach bestandenem Examen begann sie, in einem großen Krefelder Krankenhaus zu arbeiten. Der frühe Tod ihres Mannes ließ sie mit drei heranwachsenden Kindern allein zurück. In der Folgezeit entdeckte sie ihre Freude am Schreiben. Sie hat verschiedene Kurzgeschichten, ein Jugendbuch sowie ein autobiographisches Werk zum Thema Sterbebegleitung veröffentlicht. Ein weiterer, autobiographischer Bericht über den Umgang mit der Trauer (»Lebe vorwärts«) erscheint voraussichtlich im Herbst 2019. Neben dieser ernsthaften Auseinandersetzung mit Leben und Tod war das Schreiben der rabenschwarzen Storys rund um die literarische »Omi« für die Autorin eine vergnügliche Abwechslung.

Buchveröffentlichungen:

- Bis auf den letzten Schritt (04/2015)
  (ISBN-13: 978-3863340414)

- Sieben Zwerge für Paulina (09/2017)
  (ISBN-13: 978-3944788524)

- Lebe vorwärts (geplant: 09/2019)
  (ISBN-13: 978-3404616824)